creadion

阅　读　创　造　生　活

你 的 话 语
是 我 沉 默 中
开 出 的 花 朵

[法] 安东尼·帕耶———著　　　陈思潇———译

北京联合出版公司
Beijing United Publishing Co.,Ltd.

图书在版编目（CIP）数据

你的话语是我沉默中开出的花朵 /（法）安东尼·帕耶著；陈思潇译 . —北京：北京联合出版公司，
2019.8
ISBN 978-7-5596-2987-6

Ⅰ . ①你⋯　Ⅱ . ①安⋯ ②陈⋯　Ⅲ . ①长篇小说 – 法国 – 现代　Ⅳ . ① I565.45

中国版本图书馆 CIP 数据核字 (2019) 第 045429 号

北京市版权局著作权合同登记号：01-2019-3893 号

Published originally under the title "Mes mots sont les fleurs de ton silence"
© 2017, Fleuve Éditions, Département d'Univers Poche
Simplified Chinese characters translation copyright: © 2019 by Beijing United Creadion Culture
Media Co., Ltd.
All rights reserved

你的话语是我沉默中开出的花朵

作　者：（法）安东尼·帕耶
译　者：陈思潇
产品经理：赵琳琳
责任编辑：郑晓斌　徐　樟
特约编辑：丛龙艳
版权编辑：张　婧

北京联合出版公司出版
（北京市西城区德外大街 83 号楼 9 层　　　 100088）
北京联合天畅文化传播公司发行
天津光之彩印刷有限公司印刷　　　新华书店经销
字数：130 千字　　787mm×1092mm　1/32　　印张：7.25
2019 年 8 月第 1 版　　2019 年 8 月第 1 次印刷
ISBN 978-7-5596-2987-6
定价：49.00 元

如果有生之年不能走遍这个禁锢着你的世界，
那是多么可惜可叹啊!

——玛格丽特·尤瑟纳尔
《苦炼》

目　录

"我现在挺喜欢安静的，或者说，某些类型的安静。以前我总觉得沉默的环境很别扭，就像隐藏着什么秘密，这么想其实很傻。而在说话时，我从来都不认真听别人说了什么。这次被迫沉默了两个星期，我的想法变了很多。"

PART 1

"这些家庭琐事让我厌烦"

孩子们走了，阿尔诺一脸不悦地喝完了咖啡。伊莲娜想打破这近乎尴尬的沉默，却对如何展开对话毫无头绪。说什么话题呢？新种几棵白杨树？多养些白绣球花？还是重新粉刷厨房的计划？反正他都会回答：白杨树不够有气势；他还是更喜欢紫绣球花和茶花；三年前厨房已经粉刷过了。伊莲娜始终一言未发。

1 月中旬，星期三

伊夫林省，塞尔奈拉维尔

　　伊莲娜·莫兰上周刚过完她 44 岁的生日。这会儿，她正在宽敞明亮的美式厨房里准备早餐。这几个月来，做饭变成了她实实在在的烦心事，这都"归功"于她的女儿玛戈——这位 20 岁的妙龄姑娘对自己的身材要求严苛，为了与卡路里全面决裂，她决定吃无麸质食品，搭配饮用绿茶。伊莲娜一开始特别担心自家姑娘不好好吃饭会不会肚子疼、头疼，这儿疼那儿疼。玛戈则言之凿凿地说，自己早已做好研究，只要禁食某些东西就不会出问题。简言之，宝贝女儿有了新计划。中午在大学食堂，她只吃金枪鱼沙拉。伊莲娜提议，可以给她准备无麸质的三明治，带去学校吃。"不行，不行！面包就算不含小麦，也是高卡路里的危险品！"

　　女儿这样，儿子也不省心。即将 19 岁的雨果最近戒掉了肉食，天天吃谷物，还要求必须是绿色食品。

前两天，伊莲娜的丈夫阿尔诺怒气冲冲地说："你们真是吃饱了没事做！日子太轻松，得复杂点才有趣？下次你们要提议什么新玩意儿？怎么不来个昆虫饮食法？最近特流行，对吧？"

尖酸的发言让两个孩子瞬间沉默了。玛戈眼神游离，谎称自己要上网查资料，匆匆完成吃饭任务。雨果则摆出一副带着轻蔑的笑脸，像极了讽刺节目里的主人公。

阿尔诺喜欢营养丰盛的早餐：咖啡、火腿、水煮蛋或炒蛋、奶酪、吐司搭配果酱。

至于伊莲娜，她没有要求，往往包揽其他人不爱吃而剩下的食物。这个根深蒂固的习惯连她自己都没有意识到。

伊莲娜在朝向花园的观景窗前摆好餐桌。天刚刚亮，这将又是寒冷阴郁的一天。她得记着把鸟的食槽添满。昨日下了一天雨，夜晚格外寒冷。她打开每天早上收听的当地广播。预告说当日有雪，地面结冰，提醒开车的居民小心驾驶。她停下手上的活儿，听听广播能让她暂时忘却每天早上的疑虑：今天能和和气气地吃早餐吗？

把疑虑放到一边吧。广播开始播放《七秒钟》，这首曲子由妮娜·切瑞和尤苏安多尔创作并演唱，是伊莲娜的最爱之一。那是 1994 年，在巴士底广场一个小小的意大利餐厅里，她爱上了阿尔诺。在那个 9 月的夜晚，餐厅正播放着这首曲子。

"……短短的七秒钟，只要我还在，我就会一直等候……"

她甚至清楚地记得那天他们点了哪些菜，特别是覆盖一层苦味可可粉的提拉米苏。估计他早已经忘了吧。唉，男人总记不住女人心心念念的小细节。

为什么人们总把问题归于这句话？因为这是事实，还是因为这么想最轻松，可以轻易宽恕另一半对甜蜜回忆的遗忘？

她曾经在某本书上看到，"提拉米苏"在意大利语中意为"提我起身"，也就是"让我振作精神"或"给我力量"的意思。嗯……是个好名字。

这时，阿尔诺从楼上走下来，沉重的步伐透着未尽的睡意。伊莲娜赶忙把收音机关上。按照每天的惯例，她要在特定时间唤醒丈夫，给他留出伸展身体和刷牙的时间。在完成这项日常仪式前，阿尔诺的头脑是无法正常运转的。然后，他会吃早餐，沐浴，然后再刷一次牙。

一如往常，他口中飘出万年不变的问题："睡得好吗？都准备好了吗？孩子们下楼了吗？"问题接连提出，没有留出任何余地来让他人给出否定的答案。

伊莲娜一向表现得温顺，鲜少提出反对意见，但有时也会在心里抱怨，特别是最近。对，最近她常常后悔自己没有心情回答："不，我睡得不好，什么都还没准备，孩子们更喜欢在外面吃饭！"

没有心情回答——并不是没有勇气，而是没有争吵的欲望。她从来就不是一个倔强、叛逆而"不听话"的女人。也许是因为她从没遇到过需要反抗的情况或需要反对的命令吧。她在一个和睦美满的家庭长大，父母都是教授，有一个哥哥，家人们互相倾听，彼此爱护，生活充满了快乐、笑声和趣事。

她明白，当年嫁给丈夫，婆婆利利亚纳·莫兰之所以没有过多反对，就是看上了她温顺贤惠的性格。利利亚纳对独生子的严加看护，像极了看守幼崽的母老虎，特别是在她丈夫去世之后。在她眼中，阿尔诺仿佛还是小男孩，而非48岁的成熟男人。而在伊莲娜看来，她的丈夫是个潇洒的美男子，高大结实，虽然最近的确需要减掉几千克。他的头发依然保持着浓郁的棕色，只有鬓角处开始变白，这样的反差反而散发出一种优雅的韵味。

"嗯，睡得挺好的。你呢？"

"我头疼得厉害，可能生病了。吃两片阿司匹林应该能好点儿。"阿尔诺嘟囔道。

"我帮你拿药过来？"

"没事，我自己来。"

这时，雨果坐到了他的专属座位上："早。妈妈，我今天急着出门。"

"如果你晚上好好复习功课，而不是一个劲儿地上网，就不用整天这么急匆匆地往学校赶了。"

父亲评论道："你姐姐比你只大不到两岁，就已经是管理系大三的学生了。你呢，还在高中混日子——"

"是，是，如果不是我考砸了，你们也不用费尽心思把我送进私立中学，不用这样那样了。我都知道。"

伊莲娜向儿子使了个眼色表示警告。每天早上都上演同样的戏码，阿尔诺从不退让，雨果也不甘示弱。

"你的确应该知道，而且现在是高中最后一年。你是成年人了，应该懂得承担责任。你想将来无所事事吗？很好，你的道路你自己决定。如果你想当个事业蓬勃发展的搬运工，也没什么不可以。"

"是，很明显，生产纸箱可比搬运纸箱高贵多了！"

伴随着刻薄的嘲讽，伊莲娜看见阿尔诺的脸瞬间变得阴沉。

阿尔诺拥有并经营着一家蓬勃发展的纸箱制造厂。

"可不是嘛，做我们这行要卷起袖子努力干活儿。你就不会担心这方面了。当年是遭了什么霉运，我的基因没遗传下去。"

为了在争论中占据上风，阿尔诺甚至没注意到自己的话对妻子是多大的冒犯。雨果可不会错过这个话柄："妈妈，你听到了吗？他想说，你的基因特点是不聪明、不能干还爱偷懒。"

阿尔诺气得脸都红了："奉劝你做人别太过分！"

还好，玛戈适时地进入客厅，打断了这场剑拔弩张的对话："啊，又开始了。提一句不过分的要求：我们能好好吃个饭吗？

早安，妈妈！早安，爸爸。今天天气可真够差的！"

父子俩陷入了夹杂着怨气的沉默。这是一种来之不易、可贵的沉默。玛戈跟她母亲谈论起生活琐事，既丰富了对话，又不会点燃新的火花。伊莲娜微笑着回答她，同时在心里琢磨着自己的女儿到底在想些什么。

她非常了解雨果的性格，却看不透玛戈。年轻的玛戈一直熟谙规避争吵的技巧，特别是在她上大学之后。而雨果则相反，总爱跟人起冲突，甚至主动找碴儿。逃避往往是内心焦虑的体现，或者是冷漠的另一种看似明智的表现。玛戈是哪种情况呢？在她乖巧礼貌的外表下隐藏着什么？雨果全神贯注地盯着手中的iPhone 6s 手机。这是今年圣诞节阿尔诺让秘书莎碧娜订购给孩子们的礼物。伊莲娜收到的是跟往年一样的香水、一本汇集当地传统菜肴的食谱、时下最畅销的小说，以及七星文库出版的《巴尔扎克全集》第六卷和第七卷。她前两天把第六卷拿去换了别的书，因为去年她已经收到过这一本。秘书小姐大概是把礼物清单弄错了。

伊莲娜简直能提前预知接下来父子对话的剧本。

她的确没猜错。

"又在玩愚蠢的游戏。"阿尔诺说。

"是，你说的都是真理！说得对！"

"这次是飞来飞去的蠢东西，还是 12 岁小孩玩的五子棋？"

"一个徒劳挣扎的故事。"[1]

"我知道了。肯定是讲一个做尽坏事又从来不会被逮着的家伙。"

"完全正确。"

伊莲娜看见女儿和儿子面带嘲讽地相视一笑。阿尔诺在文化知识上的匮乏有时让伊莲娜很难受。而且他似乎将此当作优点，用以展示自己是个务实的行动派，而非浪费时间读书和看展览的附庸风雅之士。而伊莲娜就是这种"附庸风雅"的人。不知道他是真心这么想，还是为了否认自己的不足和缺陷。玛戈以飞快的速度用完餐，再次打破了自己的早餐用时纪录。她站起身，说："好啦，我出门了。晚上见。"

"亲爱的，小心点儿，地很滑。"

"你知道的，我在朗布叶就可以乘火车，然后安安静静地坐到凡尔赛，再乘个大巴就到 ISM [2] 了。"

"那也要小心。"

"妈妈……"女儿用诙谐的语调抗议母亲的操心。

雨果立刻跟上姐姐的步伐："顺便把我带到学校吧？我就不用坐大巴了。"

---

[1] 原注：玛格丽特·尤瑟纳尔著《亚历克西斯，或者一个徒劳挣扎的故事》，伽利玛出版社出版。
[2] 原注：ISM，凡尔赛大学高级管理学院的简称。

"行，你快点儿！"

孩子们走了，阿尔诺一脸不悦地喝完了咖啡。伊莲娜想打破这近乎尴尬的沉默，却对如何展开对话毫无头绪。说什么话题呢？新种几棵白杨树？多养些白绣球花？还是重新粉刷厨房的计划？反正他都会回答：白杨树不够有气势；他还是更喜欢紫绣球花和茶花；三年前厨房已经粉刷过了。伊莲娜始终一言未发。阿尔诺出声打破了沉默："你这两天约了看牙医吧？"

"嗯，静脉学专家。本来打算先去他那儿，再去家乐福买东西。不过……我打算取消预约。天气预报说要下大雪。昨天晚上路面就结冰了。"

他惊讶地看向她，带着几分看不起的意味，说道："我说，伊莲娜……我们的宝马车配备了抗低温轮胎。以你平常 20 公里的时速来说，没有侧滑的危险。"

"这种天气开车我不太自在。我不想紧张兮兮的。"

他无奈地叹了口气。

"玛戈也是走同一条路线去车站。我们离朗布叶只有 12 公里。"他继续劝说。

"所以我才担心她。途中会经过一片森林，树多的地方，冰不容易化。"

阿尔诺摇了摇头，嘟囔道："小家子气！还有咖啡吗？"

"没了。我可以再给你做。"

"不用了。我到办公室再喝杯果汁。该死的，头怎么这么疼？！我八成是发烧了。"

"我之前就劝你去看看医生。"

"为了肠胃炎大费周章吗？我去冲个澡，让自己清醒一下。"

独自留在客厅的伊莲娜·莫兰收拾好餐桌，将用过的餐具冲过水后整齐地放进洗碗机。她犹豫了片刻：洗碗机才装满一半，要洗吗？不管了。她选好洗碗模式，上楼，整理床铺，然后走进了浴室。

和平常一样，阿尔诺用过的浴室一片狼藉。她捡起淋湿的毛巾、散落在四处的袜子和内衣裤，丢进柳条编织的脏衣篓。片刻间她改变了主意，把刚丢进去的脏衣服拿了出来，揉成一团丢在蓝白相间的瓷砖上，然后启动了洗衣机。虽然洗衣机里只有几件T恤和短裤，但分开洗总归要干净些。

她关上梳妆台上方的镜面门，开始清洗布满胡渣和牙膏残留痕迹的洗手台。然后，她打开下方的柜子，挪开安眠药、止痛药、肌肉弛缓剂和抗过敏药，再挪开几包卫生巾：柜子深处藏着几个月前医生给她开的抗抑郁药，她最近在犹豫是否要服用。

之前坚持不服药也许是错的？那些白色的小胶囊也许真的能抹去生活中的灰暗与忧郁吧。现在后悔也没什么用。她带着药下楼回到厨房，为自己倒上威士忌，满满一杯。

她从包装盒中取出三粒药吞了下去。这时，她忽然想起：天啊，院里的鸟！它们一定饿坏了。她赶忙拿起水槽下方的谷物桶，走到院里。她穿的浴袍显然太薄了。她在寒风中瑟瑟发抖。

天空中开始飘扬起大片大片的雪花。它们仿佛着急落在草坪上，覆盖那些干燥而微微发黄的小草，将大地装点成耀眼的雪白。伊莲娜抬起头，定神望向自家的房屋与花园。这栋房子坚固而美观，墙面被刷成了温柔的粉红色，与白色的窗板相得益彰。购买这栋房子时，玛戈刚满一岁。那时的生活充满阳光、爱意与甜蜜的承诺。如今，承诺消散成泡沫，爱情也是，取而代之的是枯燥与失望。

希望玛戈和雨果一路平安顺利地到达学校。现在，就连这两个孩子都不再关心她。他们似乎不再需要这个母亲，而仅仅需要一个做饭的厨子。她就像没有灵魂的摆设，被放在无人看见的角落。多么辛酸而痛苦！她惊恐地发现自己成了一件被人用旧的、残缺的家具。

伊莲娜微笑着眨了眨眼睛。雪花落在她脸上，消融成浅浅的水迹，就像泪水流过。她一直都很喜欢雪，喜欢它的祥和与安静。雪，等待着有人欣赏，等待着被人触摸，等待着与人玩耍，更等待着被人倾听。

可惜，雪也不再能给她带来快乐。

1月中旬，星期三

几分钟之后

朗布叶森林

　　阿尔诺·莫兰头疼欲裂，感觉自己发烧越来越严重了。但此刻，电话另一端的同伴还是让他大笑不已。泽维尔·麦尔西，42岁，是阿尔诺公司的第二大股东，也是他最有默契的好朋友。他刚和阿尔诺讲述了自己的遭遇。

　　"哈，好一个阴谋！所以说，这姑娘为你精心准备了浪漫晚餐，因为她已经私自选好了订婚戒指，准备拉着你去市政厅结婚？那你是怎么回答她的？"阿尔诺笑着说。

　　泽维尔是个不折不扣的单身主义者。他外貌出众，长着一头浓密的棕发，蓝紫色的眼眸格外迷人。一旦他发起爱情攻势，没有多少女孩能抵挡得住他的魅力。话说回来，两个好哥们儿从前还做过交换情人的事儿。这个绝妙的主意非常合阿尔诺的心意：当其中一人厌倦一段恋情时，另一个人就出面勾搭走他的情人，轮流如此。这样一来，他们就可以假装成被抛弃的可怜人，轻松摆脱恋情，而无须面对眼泪和威胁。多么完美的策略！

在冷冽的寒风中，雪越下越大。泽维尔开玩笑道："我当时窘迫得像只找不到地洞的老鼠。就像你说的，这是个阴谋。她开始发表长篇大论，差点儿没把我烦死！你肯定会说，总不能一直愣在那里吧。但一大早就面临这种情况我是真的应付不来。我不知所措了好一会儿，忽然灵机一动，跟她说，我最近才意识到自己内心深处想变性，并且已经下定决心行动了。真可惜，你看不到她当时的表情！"

阿尔诺笑得差点儿喘不过气来。树上掉下一块薄冰，并无大碍，他把方向盘往右打了一下，说道："根据我的经验，女人们都会变得很烦人，迟早的事。要么整天怨言不断，要么变成没有头脑的花瓶。不过，你碰到的这个直接跳过中间阶段，迅速抵达烦人的最高境界。真的，你保持单身太明智了！"

阿尔诺感到血液猛烈地冲击着太阳穴。早上吃的那两片阿司匹林丝毫没有减轻他的头疼，但他还是故作轻松地说："我再过五六分钟就到公司了。帮我准备一杯咖啡，然后咱们接着聊。好久没遇见这么好笑的事儿了。对了，桑托罗公司的项目有进展吗？"

桑托罗是电商领导品牌之一，对发货用纸箱的品质、坚固程度和环保性都有极高的要求。阿尔诺和泽维尔花了好几个星期的工夫，才研制出让这个刁钻客户满意的产品，还要尽可能控制成本。确切地说，桑托罗还只是潜在客户。但一旦项目落地，他们的需求量将会大到需要公司增设第二家工厂。

"还没消息。如果一个小时后还没有收到回音，我就给他们打电话。好了，兄弟，开车小心点儿为好。早上我来的时候地面挺滑的。"

"好啦，你怎么跟伊莲娜一样……你知道吗，她就因为地滑取消了跟专科医生的会面，这种会面得等三个月……唉，女人真……我……我……"

这辆他昨天借来开回家的公司小轿车忽然打滑。

这辆车侧滑了长长一段距离，失去了控制。

阿尔诺左右转动着方向盘，尝试着连续轻踩刹车和断开离合器。车非但没有停下，反而滑得更加厉害。慌乱之中，他采取了灾难性的措施：拉手刹。小车像陀螺一样转了起来，几乎要飞离地面。他眼看自己飞速靠近路边的大树，知道一场碰撞难以避免，急忙用双臂护住脸。一瞬间，他的脑中闪过千千万万个念头，没有一个足够明晰，容他多做分析。他听到铁皮断裂的声音，仿佛置身梦中。他恐慌地想："妈的，但愿别着火！老天爷行行好，千万别着火，我不想被烧死！"

迎接他的是一片黑暗。然后是一片沉默。

这就是死吗?

再然后,一片虚无。

PART 2

"这场车祸也许是上天的恩赐"

人们是不是可以给沉默分分类？无聊的沉默——每个人都在寻思什么时候可以起身离开；困惑、反抗或谴责的沉默——当言语无法表达自己的反对意见时，就用沉默的态度、板着的脸、紧皱的眉头和交叉于胸前的双臂来表达；默契、爱慕、感动的沉默——唇间的微笑、弯弯的眉眼就是最好的告白。……

声　音

　　阿尔诺和伊莲娜在参观一栋非常大的房子。他闻到一股奇怪的味道。这房子是建在海边吗？来的时候似乎没有看到海。说到这儿，他们是怎么来到这里的？他的妻子洋溢着兴奋的神情，而他却全然不知她为何兴奋。这栋房子由切割整齐的石块搭砌而成，屋顶使用了石板岩，外观优雅，颇气派。与之相反的是，建筑内部的规划杂乱，毫无条理可言。走廊上分别有一间小厨房和一间浴室。一间卧室正对着一间没有窗户的小客厅。另一间卧室则正对着一间大厨房。

　　阿尔诺越参观越纳闷儿：什么样的主人才能设计出这么奇葩的格局？最大的客厅倒是装修得赏心悦目，简直可以收录进高级家居设计杂志。客厅里摆放着两张宽大的灰色真皮沙发，沙发两边各有一张天然木材与金属材质的矮桌。地板由灰白色的大型石板铺砌而成，上面铺着漂亮的灰色系地毯，由一端的浅灰逐渐渐变成另一端的纯黑。点睛之笔要属路易十六风格的扶手椅，锈绿色的格纹布料增加了现代气息，也为这灰色的空间增添了几分亮色。书架是非洲鸡翅木制成的，连接和固定装置隐藏得很巧妙。书架上摆放着年代久远的藏书和美丽的手工艺品，包括一只灰黑相间的花瓶，瓶身镶有两个羊头装饰；还有一对没有放蜡烛的铁质双头烛台。

客厅布置得很漂亮，但阿尔诺猜不出它们的主人会有什么特征：男人还是女人？也许是企业高管，有些艺术气质，不知是年轻人还是上了年纪的，无论如何，一定是了解室内装饰最新趋势的有品位人士——如果仅从这个客厅的效果来看的话。参观中发现有三个房间还未装修，墙上的壁纸都被剥除，沿墙堆积着层层瓦片，除此之外，空无一物。有间厨房特别有乡下老婆婆的风格，摆放的都是栗色或米色的 Formica 牌家具，天花板挂着橙色的花玻璃吊灯，门后装着抹布架。空气中飘浮着鸡汤的香味。

"说真的，我对这房子一见钟情。我们能把它装修得特别棒。"

阿尔诺回头望向她，用冰冷的语气回答道："你是毫无要求吗？除了一个房间好一点儿，其他房间简直是垃圾场。你知道要花多少钱重新装修吗？现在这样完全没救，除非全部拆掉，重新弄。这意味着花费几年的精力来处理各种麻烦……我已经过了能折腾的年纪。"

然而,他发现伊莲娜消失了。而在说话的并不是自己,而是一个年轻女人,就在他对面,离他很近很近。奇怪的是,他看不到这个女人。这时,一个男性的声音响起:"洛朗呢,他怎么想?"

"你知道的,他是个情种,只要我开心他就满足了。而且,我觉得他看房子也看烦了。如果我能做决定,他应该会感觉更轻松。"

阿尔诺闻到一股碘酒的味道,越来越浓。这是怎么回事?他看不到正在说话的两个人。

他茫然地在房屋里穿行,踏过地上的瓦片和砖石。他望向连接另外三个房间的大走廊,椰子纤维材质的地毯铺得并不平整,凹凹凸凸,像起了水泡一般。

一个人都没有。

"那贷款呢,银行方面……"

"你们在哪儿?你们是谁?"阿尔诺呼喊道。

"会不会有问题?利率划算吗?"男人继续说道,丝毫没有被打断。

"嗯,现在投资刚刚好。你呢,什么时候办 PACS[1]?"

----

[1] 译者注:PACS 为法国的民事同居契约制度的法文简写。

"下星期五。医院给我们放四天假。即使没有仪式，梅兰妮也开心死了。来，你站到他面前。"

"回答我，浑蛋！"阿尔诺声嘶力竭地喊。

"可不是嘛，有公证人就够了！好，我把他扶起来。你来清洗伤口。他是什么情况来着？"

"我刚刚给他擦过必妥碘了，可以把盖子盖上。他是因车祸进来的，可以说运气还算不错……送他过来的消防员说车子撞得稀烂。树枝撞坏了风挡玻璃，离他的额头只差几厘米，差点儿就把他脑袋戳穿。星期三那天森林里特别滑。洛朗特意给我的车轮胎安上了防滑袜。"

"这东西效果好吗？"

阿尔诺步履匆忙地走在各个房间里，甚至迷了路。他到处找寻着伊莲娜和那两个谈论着休假、婚约和轮胎防滑袜的陌生男女。忽然，他感到脖子后面传来一阵清凉，顺着脊背一路往下，延伸至臀部。同时，一股奇怪的味道飘过，有点儿像柠檬味。

两个闲人继续聊着。

"他过得了这关吗？"

"博利厄医生说不太容易，还需要观察。更别说后遗症了，很难说会有多严重。听说他来的时候脑电图都差不多是一条直线了，核磁共振的结果也很吓人。现在医生们还在等后续检查结果，博利厄不想仓促下结论，但情况不乐观。难以置信的是，这家伙被送来的时候身上几乎没有伤，只是脸和手臂被刮到了，还断了一根手指。可能是风挡玻璃碰的。"

"博利厄医术挺高明的，不是吗？"

"的确。他是我协助过的最厉害的神经科医生之一，而且很有人情味。他和病人的家属已经聊过了。这家人现在很惨，他的老婆都快崩溃了。我最怕这种事了，想象一下，自己的爱人……"

阿尔诺愤怒地叫喊道："你们是傻子吗？你们在哪儿？你们是谁？在我身边做什么？浑蛋，快回答我！"

"……或是父亲跟往日一样去上班。本来好好的，忽然你接到医院电话，说他陷入昏迷，快不行了。你会想，我以前真不该为了鸡毛蒜皮的小事跟他吵架，我以后再也没机会向他表达自己的爱了，再也没有将来，没有两人共度的快乐时光。之后，你会陷入永远的懊悔：直到最后也没有告诉他，他对自己来说多重要。"

"我也是这么想的。我跟梅兰妮说过，如果哪天我们大吵特吵，一定要在第二天早上出门前和解。我们见过太多生离死别了，知道意外来得多突然。"

"是呀。这个病人的好朋友也来看过他，长得特别帅。他承认，事故发生时，他们正在打电话谈工作。能怎么办呢？说了无数次，开车的时候要集中精神，不能打电话，特别是在天气不好的时候。总是有人不信邪……"

"这一点大家都一样！"

"那也不能拿命来冒险。"

带着柠檬味的清凉感转移到了他的胸膛，然后慢慢移至下半身。阿尔诺低下头，可他什么都看不到，连裤子都没看见。惊恐感瞬间吞没了愤怒。浑蛋，到底发生了什么？他现在在哪儿？说话的两人是谁？他们口中那个出车祸的人又是谁？他几乎是带着哀求的语气说道："你们在说谁？博利厄医生是谁？洛朗又是谁？"

男人的声音再度响起："病人叫什么？"

"莫兰，阿尔诺·莫兰。一个本地的企业家。"

瞬间，阿尔诺感到心脏仿佛停止了跳动。但他身边的心电图监视器发出规律的声响，即使他什么都看不到。屏幕上划过一道道漂亮的绿色正弦曲线，就像小小的山丘在平原上连绵起伏。这是生与死之间的起伏。

一片黑暗。然后，一片沉默。

再然后，一片虚无。

伊莲娜 I

阿尔诺感觉就像漂浮在温暖的海水之中，随波晃动。他不饿也不渴，不热也不冷，也没有尿意。医院通过输液为他补充了营养与水分，并人工导出了尿液。他的鼻腔连接着插管以维持呼吸，身上放着心电监护电极以实时监测心跳频率，手指上夹着血氧测定仪以调节血氧浓度。对这一切他都全然不知。

他紧闭的双眼自然也看不到正播放着真人秀的电视和墙上挂着的彩铅画。画家以拙劣的画技描绘了一位蓝发橙衣的女子，她坐在地上，手藏在大腿下。要知道，人的手特别难画，为了省工夫，把手藏起来无疑是最方便的选择。画中人在全神贯注地欣赏一株紫红色的向日葵，也不知道这花有什么值得欣赏的，大概是某些所谓的艺术家喜欢的类型吧。很显然，他们的品位并不高雅。

伊莲娜已经等候了一个小时。阿尔诺一直没有意识，他漂浮在温和的海浪之中，听不到任何声响。是哪个海洋呢？也许是亲吻着金色沙滩的热带海洋吧。

突然，他听到了伊莲娜的声音，语气充满了焦急和担忧："您好，博利厄医生。有进展吗？"

啊，又是这个博利厄！

"还在查。我本来想在跟您会面前拿到最新的检测结果，可周末休息耽误了进度。而且这是个关于抗体的非常规检查，性质比较特殊。"

"现在他的情况是闭锁综合征吗？《潜水钟与蝴蝶》里那种……"

她在说什么？在说谁？突然，他想起了之前那两个他看不见也不理会他的陌生男女的对话。那段对话发生在什么时候？毫无头绪。他们当时说了什么？记忆的碎片一个个拼接起来。

"他过得了这关吗？"

"博利厄医生说不太容易，还需要观察……"

是啊，伊莲娜和博利厄谈论的就是他，这个被禁锢在肉体中的自己。难道会永远这样了？阿尔诺仿佛从高空直线坠落到了水中，惊恐到不能呼吸。那片温暖的海水变成了致命的陷阱。他在水中下沉，周围越来越暗，只能看到布满红锈的沉船的残骸和倾倒的雕像。一个人形的漂浮物无精打采地向他漂来。那是一个身穿灰色西装的男人的尸体。他用尽全身气力，慢慢地把尸体翻转过来：他看到了自己的脸。无法抑制的恐惧将他俘获。他拼命扑腾着想要游回水面，逃离这片诱骗他的无情海洋。

"看起来不像。闭锁综合征通常伴随脑血管意外或外伤出现。这次事故的确有这种可能，但很多迹象并不吻合。特别是核磁共振的结果，后颅窝呈高信号……这些就不说了。他之前出现了高烧症状，为防万一，我们给他注射了抗生素。脑脊液细菌培养的结果呈阴性，也就是没有细菌感染。病人刚送来时，根据您描述的症状，我们无法排除无菌病毒性脑膜炎的可能性，虽然这种病主要出现在儿童病例中。如果是病毒感染，抗生素会没有效果。最后烧退下来了，这是最重要的。"

伊莲娜的声音再度响起，阿尔诺听出了哭泣暴发的前兆。平日在塞尔奈拉维尔的家里，每到这时他都会躲进自己阁楼上的小书房，避开门外的纷扰。

"他是陷入昏迷了吗？"

"总体来说是。昏迷有不同的类型，或者更确切地说，有不同的阶段。"

"那他现在是在哪个阶段？"

"脑电图显示大脑在放射 δ 波。他对疼痛刺激没有反应，应该是三度重度昏迷，但还没有到四度……介于两者之间。"

"接下来会怎样？"

"很难下定论。"

"那他……他能思考、感觉，或听到我们说话吗？"

"不能。无论是声音、光线还是其他外界刺激对脑电图都没
有产生影响。但是我得再次提醒您，现在下结论还太早，我们得
等待其他几个检查的结果。快的话估计星期一能拿到，或者星
期二。"

伊莲娜用坚决的语气说："您对我隐瞒真相，是为了安慰
我吧？"

沉默在空气中发酵。阿尔诺打了个寒战，他置身的海水突然
降温至冰点。他甚至有种荒诞的想象：博利厄医生控制着海水，
指挥其急速降温。寒冷渗入每一根骨头，阿尔诺几乎无法呼吸，
胸廓里的器官也在痛苦地痉挛。

"不是的，莫兰女士。他的格拉斯哥昏迷评分确实不太乐观。
但是不能只看这一项。"

"格拉斯哥昏迷评分？"

"根据睁眼反应、语言反应和肢体运动来衡量昏迷程度的评
分法。我向您保证，目前已知的情况我都跟你坦白了，没有任何
隐瞒……"

阿尔诺还在窒息感中挣扎。水实在太冰冷了……海洋会结冰
吗？傻子，当然会了！要不然南北极的大浮冰是怎么来的？他恐
怕会冻结在大浮冰中死去。三个或四个世纪以后，人们会发现他

保存完好的尸体。恐惧感进一步加大了呼吸的难度。他尝试着叫喊，但喉咙发不出一丝声响。寒冷侵袭了他的心脏，但他逐渐没有了痛苦的感觉，仅剩下恐惧。阿尔诺曾经确信自己不害怕死亡，只害怕死前要遭受的痛苦。但此时，他不再这么想——他恐惧的对象恰恰相反。他的意识慢慢地，慢慢地消失。

心电监测仪忽然响起尖锐和连续的报警声。帕斯卡尔·博利厄停下对话，迅速冲到设备前。他随即跑到门口，喊道："莫兰女士，请立即离开！我之后再联系您。"

伊莲娜不知所措地问："什么？出什么事了？"

"支气管堵塞，黏液阻碍了呼吸。女士，您现在在这里会干扰我们！情况很紧急！"

伊莲娜 II

伊莲娜又开始了漫长的等待。她把电视机关了，节目的声音让她心烦。平日里她就很少看电视，并自觉这是个好习惯。下午的节目通常空洞无趣。一个小时前，阿尔诺被转移到了术后复苏室，不过"复苏"这两个字以他的情况来说显然不恰当。为了清除他的气管堵塞物，医生们紧急施行了环甲膜切开术——一种相对没有那么严重的气管切开术。虽然目前还需要使用人工呼吸机，但他的呼吸总算恢复正常频率了。

这时，一个40来岁、身材丰满的女人走了进来，微笑着说："我是病房的护士长。"

伊莲娜打了声招呼，仔细打量了一下面前的女子。她属于那种看起来干净得永远像刚从浴室出来的人，皮肤细腻，绑着马尾辫，头发光亮，身上没有喷香水，但散发着清爽的味道。跟她一比，伊莲娜觉得自己就像一个卖鱼的商贩，臭烘烘的。她感到喉咙中涌上一股恶心的味道。她一天都没吃东西，只喝了咖啡和茶。昨夜她吃了几片安眠药，才断断续续地睡了几个小时，还好没有做梦，勉强恢复了些体力。最近这几个月，安稳扎实的睡眠是她最大的奢求。

护士长给她递来一张纸巾。伊莲娜惊讶地看向对方，她这才意识到自己在哭泣。豆大的泪珠从眼中不自觉地滑落。

"莫兰女士，刚刚手术进行得很顺利。"

此时的伊莲娜连一句有条理的话都整理不出来，她断断续续地说："谢谢。我……我……"

她不知道"我"之后应该说些什么。"我……"就像一扇半开的门，推开来就是无尽的烦恼、彻底的混乱和恐慌的未来，她不知该如何描述。从哪个点开始说呢？纷杂的思绪如同一团乱麻，打了无数个结，需要耐心地一个个解开。

她忽然不合时宜地想到了放在厨房抽屉里的那团毛线。之前，她细致地把线缠好，将末端穿过圆环以防移位。结果一个星期以后，线团不知怎么散开一段，布满乱七八糟的结，也不知道是谁或什么东西的杰作。

现在，她脑中有多少以"我……"开始的想法呢？——"我很害怕""我不知道接下来会怎么样""我和他之前的相处有许多问题，但仔细想想，大部分都是可以克服的""我曾经多么爱他呀，我现在依然爱他，虽然这份爱很艰难，甚至无法维系""我不知道他是否还爱我，甚至更悲观地说，是否曾经爱过我""我不想他死""我求求你们救救他"……

"莫兰女士……您现在的处境很艰难。虽然旁观者说这话有些站着说话不腰疼，但我还是要劝您不要放弃希望。坚强面对这一切，为了自己，为了孩子们，更为了您的丈夫。多跟他说说话，刺激他的大脑。无论说什么都可以，也可以朗读书籍。这样才能让他保持与这个世界的联系，即使他什么都听不到。"

伊莲娜想上前去拥抱她，感谢有这么一个人鼓励她振作起来，行动起来；告诉她不能无所事事坐以待毙，或盯着显示器流泪。

"放音乐可以吗？我能带个高保真小音响过来播放 CD 吗？"

"当然可以了。"护士笑着回答，"内容选择很重要。之前我看过一篇报道，有个叫马丁·皮斯托利斯的加拿大人，在童年时就陷入了昏迷。他小时候爱看的动画片里有个粉色的恐龙[1]，叫巴尼，不知道这个片子在法国有没有播过……这个不重要。他的父母每天都给他循环播放这部动画片，来刺激他的大脑。他醒来之后说，自己受够了巴尼，天天都听到巴尼的声音，简直是种精神折磨。好了，我先走了，有任何需要随时可以按铃叫我。"

---

[1] 原注：见《巴尼与朋友》。

"等等！那个男孩昏迷了多长时间？"

护士犹豫了片刻，垂下眼睛，说出了实话："嗯……十二年。振作一点儿，莫兰女士。不要放弃希望。"

门关上的那一刻，伊莲娜放任自己哭成了个泪人儿。护士长是个好心人。是的，要行动起来，即使一切努力都可能是无用功，也要行动，克服一切困难。她要把一楼的窗帘换成新的，再彻底打扫一遍厨房，对，可以考虑把墙壁重新粉刷一遍。她要把花园的花草打点一下，即使现在不是最好的时节。她要找到跟自己有同样境遇的家庭，加入互助组织，用网络调查一下应该不难。她要整理那些多年未读也没有实践过的食谱书，这样，等到阿尔诺醒来，就可以给他准备全新的菜色了。她要报名一个函授课程，学什么还没想好，但她会好好考虑。她曾经是个勤奋努力、成绩出色的学生，当年如果不是那么年轻就结婚，她应该会继续深造，研习文学。

她并不后悔过去经历的一切，但直到此刻她才意识到，这么多年自己活得就像一个植物人：仿佛陷入了某种昏迷状态，虽然人是醒着的。如同一辆沿着既定轨迹自动驾驶的车辆，她说着同样的话，做着同样的事，日复一日，年复一年。对于夫妻而言，如果两个人都处于迷失自我、得过且过的状态，婚姻就失去了生命力。

她回想起刚刚的规划："……整理那些多年未读也没有实践

过的食谱书，这样，等到阿尔诺醒来……"

如果阿尔诺活不下来呢？如果他跟那个加拿大男孩一样，昏迷十多年甚至更久呢？

不会的，伊莲娜，别瞎想！她在心中对自己下达命令。立刻停止瞎想！他一定会好起来的。想这些傻事有什么用？！护士说了，不要放弃希望。她经验丰富，说话肯定是有道理的。振作起来，伊莲娜！

阿尔诺听见她的声音响起："孩子们逼着我看他们现在着迷的电视剧《权力的游戏》。玛戈说你也是这部剧的疯狂粉丝，我之前都不知道。中世纪的爱恨情仇、战争与阴谋，确实拍得很精彩，你当时肯定看得停不下来。对我来说，场面有些过于暴力了，而且人物太多太复杂，我有点儿迷糊。但有一个人物让我印象很深刻：琼恩·雪诺，那个贵族的私生子，他是这部剧里唯一看起来善良而且思维正常的人……你肯定比我熟悉。你注意到了吗？他跟你年轻的时候特别像！也很像雨果。看完一集，我就上楼去找了我们的结婚照。一样的棕色自然卷中长发，一样深邃的眼睛。你的下巴比他的更翘一些，除了这一点，其他方面都很像。这个琼恩·雪诺肯定迷死一大群年轻姑娘了。很正常，我当年也是爱你爱得不能自拔。我不知道……当时我被你的外表迷惑了，以为你是个浪漫的小伙子。这个判断真是错得没边了。不能怪我，我那时太年轻。"

阿尔诺反驳道："你看，你又在讲这些成年人听着会睡着的陈年旧事了。什么，浪漫？浪漫能让你轻松在家闲着？能让你开宝马？能让你住塞尔奈拉维尔最豪华的房子？能让你拥有三室的海滨度假公寓？能让你随心所欲地换发型、做美容？说出来你别不信，在纸箱制造业没有任何浪漫的事，一件都没有。我是个追求事业和成功的男人。我父亲是个懦弱无能的穷光蛋，让我母亲置身于艰难困苦之中。她是凭借努力、泼辣和母爱支撑起这个家的。她就像个女英雄，赤手空拳地打赢了生活这场仗。她是个称职的母亲，一个有狼性的女人。我们之前也谈论过……"

"亲爱的，你知道吗？我内心是埋怨你凡事都替我做决定的。我其实不应该这样。你知道我是个随和、好说话的人，所以大事小事都由你来做主。但现在，一切都变了。我爱你，但我不能再唯唯诺诺，任人摆布了。所以，现在，改变的第一步，就是掌控我们的命运。我一定要坚持下去，直到你站着离开病房的那一天。"

阿尔诺很想回答："无论如何，除了我们家的琐事，你对其他事情也不感兴趣。这些家庭琐事让我厌烦，让我感到窒息。今天，我算是真真切切体会到窒息是什么感觉了。这大概是我这辈子最恐怖的经历。"

但他忽然反应过来，没有人能听到他内心的独白。他只能忍受自己的沉默，以及别人的独白。

伊莲娜,我很累……精疲力竭……

也许他快要睡着了。这么说来,对现在的他来说,什么叫睡眠?大脑和意识决定暂停运行?那多久以后会恢复呢?他完全没头绪。或许几分钟?几小时?

伊莲娜继续说道:"……孩子们明天会再来看你,利利亚纳也是。昨天晚上,她来医院时很崩溃,不停地重复相同的问题。无论是我还是其他任何人,都给不出让她满意的答案。至于孩子们……"

阿尔诺很惊讶自己没有察觉他们来看望过,特别是他母亲。也许他察觉到了,但现在又忘了。他的脑中乱成一锅粥,现实、幻想、梦境和记忆的碎片交融混杂。他也分不清哪些是真、哪些是假。他能清楚记得的只有医院员工(特别是博利厄医生)和伊莲娜。

"唉……我越来越搞不懂他们,特别是玛戈。自从上了大学,她就让人摸不透。虽然她一直都不是个外向的人,但现在……我有时觉得面前站着的是个漂亮的娃娃,总是挂着不自然的微笑。是我想多了吗?他们甚至让我感到有些不自在。晚餐的时候总是什么都不说,吃完就上楼把自己关进房间。你这次出事对我们来说都不好受。他们应该跟我说说话,一起聊聊。我……觉得很奇怪。这么多年来我有很多事想跟你说……但你要么不听,要么一只耳进一只耳出,不是太累,就是心情不好,又或是要接电话……"

他听到了鼻子吸气的声音，一次，又再一次——她在哭泣。这不是什么大事，她一直都很爱哭。容易落下的泪，容易使用的武器 [1]。这是泽维尔的"名言"，其实也的确有几分道理。泽维尔有一条关于女人流泪的理论：当一个女人感觉到她在争吵中占了下风时，她就会开始哭泣。如果男人穷追不舍，继续攻击，他就会被视作无情无义。这样一来，女人就稳稳地赢了这场仗。他忽然想到，为什么泽维尔会用到"打仗"这个概念？这无聊的疑问一闪即逝。他的母亲是个很少哭的女人，她将哭泣当作无能和失败的象征。不过，不是谁都能有利利亚纳这么强的个性。

"……奇怪？这个词用得不太对。应该说我很蒙。你现在躺在这里，没有任何防备，没有办法打断我说话，而我对将来要发生的一切充满恐慌。"她又吸了下鼻子，"只有在这种时候，我才能够吐露心声。并不是说我害怕你，或对你有什么情绪，只是，以前我总有一种念头：就算说出心里话也得不到什么回应。我很气馁，对，就是这个词。"

阿尔诺在心里叹了口气。过去，他受够了这些让他恼火和厌烦的谴责。但今天，两种相反的意愿在他脑海中打架：希望

---

[1] 译者注：法语中"泪水"与"武器"读音相同，此处为文字游戏。

伊莲娜离开；希望伊莲娜别再说话。后者意味着希望她留下。伊莲娜就像唯一的纽带，连接着他与这个世界、与"真正活着的人"。他感觉不到自己的身体，也看不到任何东西，仿佛被禁锢在精神的牢狱之中。他的大脑，他最珍贵的宝物，变成了枷锁。什么时候自己才能重获自由？要怎么做？等待他的是死亡还是重生？从手术台上捡回一条命之后，他暂时忘记了对死亡的恐惧。

而现在，这种恐惧卷土重来，面目可憎，张开血盆大口要将他吞没。这么多年来，他第一次诚实面对自己的懦弱。是呀，他的傲慢不堪一击，他的情绪彻底决堤，他承认自己害怕死亡，害怕永远成为植物人、可以思考的植物人。死亡之后会有什么呢？虚无还是其他？而他希望是哪种，纯粹简单的湮灭还是充满无限未知的另一世？

他将注意力转移到伊莲娜的声音上。他一直都很喜欢她的声音，温和、平稳、不尖锐。如果她不是那么爱哭鼻子就好了。

"……利利亚纳现在住在客房里。和她的相处比我想象中要好……星期三晚上，她第一时间订了图卢兹布拉尼亚克的飞机赶了过来，我承认，我当时很害怕她来。你肯定猜得到她是多么崩溃。她当晚就想冲到医院来看你，我费了好大功夫才拦下来……"

为什么她要害怕婆婆到来？阿尔诺也承认他母亲性格强势，

从来不被别人牵着鼻子走。但她不是那种对媳妇尖酸刻薄或指
手画脚的"坏婆婆"。公司第三大股东伯努瓦·迪蒙虽然年长，
但和阿尔诺是好朋友。伯努瓦说他的前妻福德莉奇就被他母亲
逼出了抑郁症，甚至差点儿预谋谋杀。他母亲是对媳妇喋喋不
休、不停说教的类型，老是扯着嗓子喊："福德莉奇，伯努瓦不
喜欢这个，他喜欢那个！""福德莉奇，你为什么不用马赛香皂
手洗伯努瓦的内裤和袜子呢？我一直都是这么洗的。香皂对皮
肤更好！"或是用指责的语气说："伯努瓦太累了！福德莉奇，
你知道的呀！"伯努瓦觉得他母亲的性格很好笑，福德莉奇则
无法忍受。阿尔诺敢保证，他自己的母亲说话从来不带感叹
号。利利亚纳是那种不会毒害别人生活的母亲，她只关心自己
的孩子。一直以来，她对阿尔诺这个独生子都管得很严，但也
明白孩子终究有自己的生活。伯努瓦的母亲大概永远不明白这
一点。

"……热纳维耶芙下星期三左右会来看你。她不能和你妈妈
同时停工太久。还有一大堆事儿要管理，采葡萄、装瓶……她每
天都要打两个电话过来问你的情况。"

阿尔诺在心里笑了笑。他很喜欢利利亚纳的妹妹——他的小
姨热纳维耶芙。她之前甚至将阿尔诺定为自己财产的继承人。她
是一个头脑清楚、柔中带刚的女人。在丈夫去世后，她继承了一
片规模不大但很有名气的葡萄园。家里人都劝她把葡萄园卖了，

就像她的独生女苏菲一样。苏菲把自己继承的产业卖了，嫁给了一个澳大利亚人，现在住在悉尼。要知道，葡萄园的管理并不轻松，尽管时代在进步，但葡萄酒行业依然由男性主导。让人意想不到的是，热纳维耶芙向旁人证明了自己的能力。她接管了葡萄园，实施现代化管理，取得了不错的收益。在那十年后，利利亚纳接受提议成了她的合伙人。现在，利利亚纳负责团队管理与品牌推广，热纳维耶芙则看管葡萄园，监督生产，维护和客户的关系。

"……我知道我在重复说同一件事……但玛戈和雨果自我封闭的状态很让我担心。我觉得他们心中盘旋着很多事，但一件都不愿说出口。不知道是不是因为现在的状况让他们害怕……所以竖起了精神的高墙。"

如果有能力，阿尔诺一定会耸耸肩膀。之前他就跟伊莲娜谈论过这个问题：他们对生活漠不关心，不要浪费时间去沟通了。这个时代的年轻人都被惯坏了，总觉得自己享受的各种便利都是理所当然的。他们甚至缺乏常识来理解过去几代人留下来的精神财富：哲学、电影、音乐、设计、科学等。他们想着的只有自己，自己，自己，仿佛人类历史从他们这代开始，也会伴随他们这代结束。这就是以自我为中心的一代。他们假装在跟别人交流，其实不过是为了谈论自己，而且意识不到每个人都在假装。我们家的玛戈大小姐每次换新发夹、新眼影或新做指甲都要发自拍，就为获得点赞。我看她有点儿像反社会型人格者。雨果少爷呢，觉得身边人都是傻子，自己才是最聪明的那个，所以懒散度日就有借口了。他立志要改变这个不公平的世界，但是他得先拥有最新款的 iPad、iPhone 和 iMac，还要住在配备液晶电视和独立浴室的房间。注意，在这一点上，我们作为父母也有错。但是，比起整个社会的风气，父母对他们的影响能有多少呢？几乎为零。伊莲娜，你弄错了问题的关键。无论发生什么新鲜事，只要不打扰他们舒服的小日子，他们就不会在乎的。

"这座高墙难以跨越。雨果总是习惯性跟人对着干，甚至主动挑起争端。玛戈像一条抓也抓不住的泥鳅。任何事情都激发不了她的情绪，我看这是她刻意采取的策略。她一直是这种性格，但我觉得她在上大学后越来越喜欢逃避了。"

玛戈就是这样的姑娘，她对不影响自己的事情漠不关心。但是我觉得她有很多优点：聪明又勤奋，并且渴望成功。雨果就前途堪忧了：本来学习就不怎么样，还游手好闲，而且喜欢向别人说教。等他走出社会了有他受的，未来可没有他想象的那样美好，他要是继续睡懒觉和玩游戏，他就等着吧。这世界不会随他的意愿而变化。好了，伊莲娜，我不想再讨论这些没意义的东西了。我希望你离开，我需要独处。

伊莲娜站起身。

"亲爱的，我得走了，已经7点多了。医院的人都很好，没有人赶我走。别忘了我爱你，永远记得这一点。我爱你，但现在情况真的变得好复杂。"

伊莲娜，利利亚纳，孩子们

星期六晚上

塞尔奈拉维尔

　　晚餐在沉默中度过。

　　人们是不是可以给沉默分分类？无聊的沉默——每个人都在寻思什么时候可以起身离开；困惑、反抗或谴责的沉默——当言语无法表达自己的反对意见时，就用沉默的态度、板着的脸、紧皱的眉头和交叉于胸前的双臂来表达；默契、爱慕、感动的沉默——唇间的微笑、弯弯的眉眼就是最好的告白。默默无言之中蕴含着各种各样的情绪，值得人们琢磨。很多时候，沉默比言语更能揭露内心。同时，人们也很难准确定义某种沉默的内涵，只能靠感知，靠直觉。

　　伊莲娜就形容不出刚刚那一个小时的沉默是哪一种。60分钟的无言，可以说相当漫长；但是总归要好过1小时的争吵和辩论。他们三个人在想什么呢？利利亚纳一定在想阿尔诺。她紧绷的下颌和严峻的脸色说明了问题。有其母必有其子，阿尔诺的冲动、好斗和他母亲如出一辙，总是奉行"先行动，再思考"这一原则。当然，他遗传到的也不都是缺点。利利亚纳什么都不怕，并勇于接受新事物。年过 60 的她学习使用互联网时一点儿都不含糊。此时，玛戈和雨果大概在寻找回房间的机会。

利利亚纳站起身，提议道："我给你们泡杯茶吧？"

说着她径直走向灶台，就像在自己家里一样。说到底，这栋房子的确是她儿子花钱买的。她不会明明白白地说出来，但是她的态度已经表达了观点。每次利利亚纳想来住几天时，从来不会征求儿子和儿媳妇的意见。她只会直接告知到达的日期。

"我不用了。谢谢您，利利亚纳。"

和阿尔诺结婚以来，伊莲娜多次被婆婆要求改称她为"妈妈"，但伊莲娜从未听从。她有自己的妈妈，那个她爱着的唯一的妈妈。她对利利亚纳一直是用"您"来称呼，在这一点上，婆婆倒是从未提议过把"您"换成"你"。伊莲娜问道："你们吃饱了吗？今天准备得有些匆忙。"

"确实……只有土豆饼和沙拉。"

婆婆指责的语气很明显，但伊莲娜决定无视。不愿错过任何找碴儿机会的雨果接过了话："奶奶，那你怎么不帮忙做火腿千层面呢？妈妈都备好料了，从冰箱里拿出来就行了。"

"我不知道你的妈妈什么时候从医院回来。"利利亚纳平静地解释道。

对利利亚纳来说，雨果说什么都不会让她生气，因为他跟年轻时的阿尔诺长得一模一样。玛戈就不同了，金发碧眼的她更像妈妈。况且，玛戈似乎不在乎奶奶对她的态度，就像她不在乎父亲送的智能手机一样。

两个孩子上楼了，利利亚纳还在桌边消磨时间。伊莲娜只有一个愿望：尽快回到房间，吃下一片安眠药，在接下来的几个小时忘却一切烦忧。

"会怎么样呢？如果——"

"拜托您别说了，利利亚纳！"伊莲娜用生硬的语气打断道。

"逃避并不意味着问题会消失。"利利亚纳坚持己见，"当年阿尔诺的父亲乔治自杀之前，明明有很多迹象，但我拒绝去想这些。结果呢，我只能孤零零地，跟年仅五岁的孩子相依为命。"

"阿尔诺没有得抑郁症！他只是陷入了昏迷，而且现在还没查明具体原因。公司方面泽维尔管着，伯努瓦也打算从西班牙赶过来帮忙。"

利利亚纳长叹一口气，然后像宣战一样一字一顿地说："亲爱的伊莲娜，我们把话说清楚吧。三天来我在网上查了各种资料。有些人昏迷了十年、二十年。很多人在昏迷中去世了，极少数的幸运儿醒了过来。只要我还活着，我就不会让人断开阿尔诺的监护器，永远不会！但是你还很年轻，如果你想去追寻自己的生活……和别人一起，我会理解的。但是，我不会允许任何人结束我儿子的生命。我的宗教信仰不接受这一点，你很清楚。这是我的儿子，是我最珍视的人——他的命比我自己的还重要！"

伊莲娜猛地站起身，惊讶地望向她的婆婆："您疯了吗？阿尔诺昏迷了四天。才四天，好吗？所以呢？他是您最珍视的人？然后，您这就已经放弃了？被现实打败了？我可不会！阿尔诺会醒过来的。我比您更了解他！我上楼休息了。我以后再也不想跟您讨论同样的事！"

利利亚纳咬了咬牙，用手敲打了一下桌面，大声说："我的儿子不会死的！不可能死。"

"我的丈夫不会死的。"

利利亚纳的声音飘来，带着一点儿轻视的意味："伊莲娜，擦干你的泪水。哭没有任何用，相信我，我就是这么过来的。只有决心才能改变命运。我会跟神经科医生好好谈谈，跟那个叫博利厄的。白大褂吓不倒我，什么都吓不倒我。我需要得到明确的答案，这关乎我儿子的性命。"

伊莲娜不喜欢这个女人，她从未喜欢和信任过她。利利亚纳不过是看在她宝贝儿子的分儿上，才对温顺无害的媳妇不过多挑剔。伊莲娜也很明白这一点。但伊莲娜承认，这是个拥有强大力量、顽强信念和过人勇气的母亲，她可以为了维护阿尔诺赴汤蹈火，甚至与整个世界为敌。她看不到也不在意阿尔诺身上的缺点。伊莲娜自己呢？她是个强势的母亲吗？是那种始终相信和维护自己孩子的人吗？不。她很清楚自己孩子的缺点和不足、他们的自私和算计。对于利利亚纳这种爱得盲目的母亲，她感到无能为力。

　　伊莲娜承认，和利利亚纳的激烈对话给了她某种程度的放松。利利亚纳有一项特长：抹除她不愿接受的事。是不是拒绝思考和害怕某件事，它就会消失呢？

西娅

　　夜晚的医院充满了一种不太彻底的宁静。监护器发出轻微的声响，平静而规律，不是那种尖锐的警报——伴随着"病人快不行了！要紧急处理"的那种。病人低声呼唤着值班护士，脚步声随之响起，就是医院特制的那种塑料鞋摩擦地面的声音。护士们几乎都穿这种鞋，上脚舒适，也容易消毒，可惜外观挺丑的。没办法，护士总不能穿着十厘米的高跟鞋奔跑。隔壁病房时不时传来充满母性关怀（或是姐姐般温柔）的声音：

　　"不是的，女士／先生……现在入夜了，黑暗是正常的；请保持镇静；不行，先生，您不能起身；好的，女士，我帮您拿盆过来；您感到疼痛？1—10 级中的哪个级别？啊，7 级？我给您拿片止痛药；不，女士／先生，我没办法给您拿三明治／蛋糕／水果，厨房关门了；不，我们没有巧克力牛奶，我给您泡杯茶，好吗？合您的意吗？"

白天，在喧闹的嘈杂声中，经常什么都听不清楚。夜晚就像给声音加上了一层杂音过滤网，打造出一种刻意的宁静，让每个声音都真切地传入耳朵。阿尔诺挺想喝杯茶的。过去，每当他有点儿小感冒或是肠胃不舒服，母亲就会给他泡一杯他最爱的马鞭草薄荷茶。马鞭草薄荷茶有唤起童年记忆的充满魔力的香气，总让他想起小时候，身体难受时，妈妈温柔地在旁照料的场景。泡完茶，妈妈会准备土豆泥或火腿螺旋意面。虽然生着病，但吃着妈妈做的食物，仿佛什么都不怕了，有她在旁守护，所有威胁都会被赶跑。妈妈永远会在她的宝贝儿子身边。

妈妈，我多么爱你啊，亲爱的妈妈。我们有那么多的回忆，美好的、糟糕的。每年我们都会抽一个星期去圣卡勒吉勒多度假，待在那家餐饮全包的小旅馆里。你记得那里的甜品师吗？他做的草莓冰激凌和覆盆子冰激凌大概是我这辈子吃过的最美味的。而你更喜欢巧克力和咖啡口味的。

他的思绪在不自主地翻腾。梦境、回忆和思考像闪电一样飞速涌现和交织，让他无所适从。他穿越到了三十年前。在一片筑着混凝土高坝的金色海滩上，他穿着泳裤，躺在紫黄相间的沙滩巾上，一颗心怦怦直跳。那是芒什省的格朗维勒海滩，他在等待一个人：西娅，他此生的挚爱。他预先在当地的家庭旅馆里订了一个房间，不算奢华但浪漫舒适。他假称要来住的是与他已有婚约的未婚妻，以免管理旅馆的两个大姐有想法。她们对未婚情侣入住很保守。

"小伙子，我们开的可不是满足特殊需求的旅馆。"年长的大姐如此说道。

"你想说的是爱情宾馆吧。"阿尔诺在心中笑着回答。当然他可不敢把这话说出口。两位大姐把旅馆打点得有声有色。传统风格的楼房坐落在海滩旁边，院里有个漂亮的花园，搭着葡萄架。住在这儿，听着海浪声与爱人度过甜蜜的一夜，是他心底的小梦想。

"女士，我们几个月后就要结婚啦。"

"好吧！"

西娅有着迷人的红褐色鬈发，独一无二的小酒窝让干净的脸颊更显娇俏。当她不高兴或佯装生气时，小巧的鼻子会灵动地皱起来。西娅，我爱你。事实上，她的真名叫西奥多拉[1]，但她觉得这名字过于宫廷气。她曾开玩笑说，一定是她母亲小学时上历史课的记忆太深刻，才给她取了这个名字。在阿尔诺眼里，这名字美极了。西娅，我太爱你了。快，到我身边来。我想拥你入怀，给你许多许多的吻。我想在缠绵缱绻后从背后抱着你入眠。你会弯着身子，屁股贴着我的肚子。我的身躯会成为你的摇篮。西

---

[1] 译者注：与拜占庭皇后西奥多拉同名。

娅，我想和你共度一生。我想每天早晨看着你睁开睡眼。我想在你淋雨时，用毛巾擦干你的头发，帮你换上软软的浴袍和厚厚的袜子，再为你冲一杯滚烫的热茶。我想在你腹痛时给你准备热水袋。我想晃动摇篮哄我们的宝宝入睡。当我们很老很老时，我们会手牵着手躺在一起，平静而无惧死亡。

妈的！他应该有四五年没有想过西娅了。为什么今夜她会像龙卷风一样侵袭他的脑海？因为当年失去她时，他也像今天一样恍若死去？她的确彻彻底底地欺骗了他的感情。那时的他很天真，很浪漫，也很傻。那年他 20 岁，她 22 岁。也许每个男人生命中都要经历一段这样的感情吧：就像一个狠狠的巴掌打在心上，打在自尊上；也像一项仪式，把人生的钟摆校准，宣告是时候走向成熟了。无论如何，失恋的人最终总会走出来，虽然起初可能会怀疑，甚至多年之后才会释然。

那一天，他担心她遇到了糟糕的事——一桩事故，或是生病了，但没来得及通知他。天知道他有多着急！他的母亲利利亚纳也没得到任何消息吗？后来，他渐渐明白发生了什么。她不会来格朗维勒海滩找他了，她不想来。当他意识到这一点的时候，他的心仿佛受到了一记重击。他一次次地拨打她的电话，却听不到她的声音。只有那愚蠢的语音不断重复："您拨打的电话已停机……您拨打的电话已停机。"他试图拨打自家的电话，但也打不通。那是他人生中最后一次哭泣，面对着唯一的见证者——大海。他只身回到巴黎。他的妈妈一脸难过，却不敢直视他的眼睛，只是低下头，沉默不语。最后，她才支支吾吾地说出真相："宝贝，我……我真的非常非常抱歉。我本想给旅馆打电话通知你，但我……没有勇气。我更想当面跟你说这件事。嗯……西娅给我打了电话。她说你们之间结束了。她几个月前就有了别的男人，他们很快就要结婚了。她……嗯……说她很抱歉。她不希望你再与她联系，所以换了电话号码。她祝你以后一切顺利，找到一个真正爱你的人。"

利利亚纳从口袋中取出一块手帕。

"嗯……她归还了你送给她的礼物。她说留着这些礼物不太好。"

手帕里的紫水晶戒指和珐琅项链吊坠滚落到桌上。这是他送给西娅的礼物，代表着"阴"和"阳"。

他感到世界在崩塌离析，只说出两个字："好吧。"

利利亚纳将他拥入怀中，心疼地说："我的心肝宝贝……她和你不配。我之前就想告诉你……但是陷入爱情的人是盲目的。我们都清楚这一点，但总是要到事后才能反应过来。吃一堑长一智，你会找到更好的人的。我知道失恋是非常痛苦的，但这只是暂时的。我爱你，我只爱你。你会遇到一个出色的女人，我很肯定。她会非常非常爱你，远胜过西娅。"

暂时？这个暂时非常漫长。在那之后的十五年里，他从未忘记过西娅，总是想着她在哪里、做着什么、爱着什么人。随着岁月的流逝，这份想念逐渐淡去，直到今天，依然没有从他脑海中完全消失。为何今夜关于她的记忆会萦绕不去？当然，他对她已经不再有爱。他甚至已经记不清楚她的长相，除了最基本的面部轮廓。他也记不起她的声音。为什么，他会在今夜想起西娅？她的眼睛是什么颜色来着？好像很浅。琥珀棕？蓝色？绿色？不，不是绿色。见鬼，他完全记不起她的眼睛是什么样的了。

伊莲娜的声音忽然响起，但不是回响在此时的这间病房里："说真的，我们能把这座房子装修得特别棒。当然，这是个大工程，要全部重新弄，特别是客厅，得处理掉那两张沙发和路易十六风格的扶手椅。"

胡言乱语！客厅是那座房子唯一的亮点，华丽优雅，虽然有点儿缺乏个性，但很别致。

他的思维一下子断了线。是时候睡觉了。

其实大脑并不休息。当它想忙点儿别的事时，意识就给思维放上止动块。于是，意识切断，大脑开始安心地处理它的工作：修复和再生身体组织，管理重要信息的储存和记忆，摈弃不再有价值的信息。大脑无时无刻不在辛勤工作。

阿尔诺的大脑司令官刚刚得出结论：对过去的事情想得有点儿多，该停了。

谁知道这个判断是对还是错呢？

利利亚纳，玛戈，雨果

星期日早上

朗布叶医院

    他开始喜欢这种在他身上游移的凉爽感，带着好闻的柠檬香气。他的大脑明白了这是有人在给他擦洗身体，他最初的害臊也随之烟消云散。他不在乎有人提起他的阴茎，用布条擦拭下体。仔细想起来，人们都是这样擦洗婴儿的身体的，而他现在的身体状况可以说无异于婴儿。

    婴儿是多么娇嫩脆弱啊。他清楚地记得玛戈出生时自己满满的幸福感。她总是不停地笑，除了想喝奶的时候，几乎从不哭喊，夜里也不吵不闹。她似乎对阿尔诺的鼻子特别着迷，总是用小小的手指去触摸——这是阿尔诺特别享受的触感。她看着他时，眼睛总是睁得大大的，嘴角弯弯地微笑，或是张开嘴形成一个小小的"O"，却不发出声音。他不知道她是否真的能看清自己。他会小心翼翼地把她抱在怀里，担心任何碰撞会伤害这样小巧柔弱的生命。他曾认定这是他人生中最美好的瞬间，也许不是最重要的，但一定是最美好的。

说起来，他人生中最重要的瞬间又是哪个呢？他感觉这完全无从定义。玛戈从出生以来就像极了她的母亲：一头金发，一对碧眼。雨果比较像他——从外貌上来说，也仅限于此。除了长相，他觉得儿子没有遗传到他的其他任何基因，女儿也只是稍有几个与他相似的地方。这到底应该算是父母的错还是孩子的错呢？说到底，他是发自内心地想要孩子吗，还是受到"别人都有孩子"这个想法的驱使？他已经想不起来了。他曾经为成为父亲而感到幸福，这一点毋庸置疑。但在最初几个月过后，他还乐于承担父亲这个角色吗？

他听到脸颊传来亲吻声。玛戈和雨果相继在他脸上轻吻，发出微小的触碰声。生活中大多数的问候吻都像这样如清风拂过，只不过是为了符合社交规范而完成的任务。但他母亲的吻不一样。她紧紧抱住他，依次亲吻他的额头、脸颊和嘴唇。他感到她胸腔的肌肉在收缩，似乎强忍着泪水。我是如此爱你，妈妈。我知道你对我的爱超越世间万物。

之后，他们在病房待了一个多小时，却没有一个人开口说话。然而，字字句句对现在的阿尔诺来说是多么重要啊，这是他和世界唯一的联系。他宁愿两个孩子离开，让他和母亲独处。他想听她讲从前的生活、那些他再熟悉不过的往事。他想听她讲他小时候做的傻事，尽管她重复说过无数次，但每次提起总能让两人乐不可支。童年的生活是那么简单安逸，至少在他眼里如此。

他曾经从存钱罐里拿出 5 法郎的"巨款"试图贿赂家庭医生，让他别再提疫苗注射的事，因为他特别害怕打针；他曾经偷走利利亚纳的玫红色口红，去讨好他喜欢的小姑娘；他曾经翘课，下午两点回到家，假称学校险些遭火灾，烟雾熏得他呕吐不止；他曾经大惊小怪地说夜里在自家院里看到了狼的眼睛，最后真相大白——原来是邻居家的猫；他曾经在甜品盘里摆好巧克力饼干，送给声称可以帮他做作业的小伙伴，最后这些坏家伙什么忙都没帮。幸好他们还有点儿羞耻心，没把饼干吃掉。利利亚纳是连接他和童年时光的唯一纽带。童年的世界非常奇特，在快乐美妙中穿插着小小的担忧和烦恼。他的孩子们就没有这样的童年。

阿尔诺觉得自己成年后的生活无趣了许多。是的，他赚了很多钱。是的，他成了别人眼中的成功人士。是的，他的创业之路一帆风顺。是的，他拥有社会地位，甚至被人敬畏，因为他是有钱人。但是，他并不快乐。当然，在成功抢占市场或击溃竞争对手时，他会有飘飘然的陶醉感。但他付出的一切不过是为了这些破纸箱。

该死的，生活的美妙之处都去哪儿了？

"奶奶，你想喝茶吗？我可以帮你去拿一杯。"为了打破这无聊的气氛，雨果问道。

"谢谢你，亲爱的，不用了。"

"我觉得爸爸被照顾得挺好的。他闻起来很香，我是说，很干净清爽。他看着气色不错。"玛戈发表了评论，但似乎不太有说服力。

"嗯……"

"你们觉得开电视对刺激他醒来有帮助吗？"玛戈问。

不！拜托，千万别照这个鬼主意做！

"我不知道。但是你们的爸爸不太喜欢看电视。"

谢谢你，妈妈！

"我去准备点儿音乐来播放，你看可以吗，奶奶？"

"你真是个好孩子。找些古典乐或者 20 世纪 90 年代的流行乐吧，亲爱的。我不确定现在流行的歌曲符合我儿子的口味。"

泽维尔

星期日午后

朗布叶医院

"哈罗，兄弟！我今天特意早点儿过来，因为伊莲娜说她下午4点左右会来。"

阿尔诺在心中给了他一个会心的微笑。泽维尔是与他最默契的哥们儿、他唯一的挚友。泽维尔·麦尔西比他年轻六岁，和他相处得如同亲兄弟一般。他不仅样貌出众，像个好莱坞明星，而且才智过人，曾以年级第一的成绩从 ESSEC 商学院[1] 毕业。头脑聪明的他并没有威胁阿尔诺在公司里的地位。十年前，阿尔诺很不情愿地将他招进公司。泽维尔在各方面都很优秀，这样的人才留给竞争对手会很棘手。

后来，他发现泽维尔有一种独特的洒脱气质。这种洒脱并不

---

[1]　译者注：埃塞克高等商学院，法国最著名的高等学府之一。

是指什么都不在乎，而是一种特有的生活哲学。对泽维尔来说，人生就像一段旅程，一丝不挂地开始，了却凡尘地结束。人们追求事业，或是其他东西，最后抛却一切，迎来死亡。这种对生命的看法也许过于简单，但此时的阿尔诺第一次感到它不无道理：人应该享受当下的好时光，不要自寻烦恼。出现紧急情况时，再面对问题。总之，泽维尔是个活得很幸福的人。

阿尔诺想起在西班牙喝酒的一个夜晚。公司第三大股东伯努瓦·迪蒙再婚后，就和做律师的西班牙老婆埃米莉亚住在了那边。当时，他跟一个潜在大客户顺利建立起前期联系。与客户首次会面后，阿尔诺心神不定，犹豫不决："应该奋力拿下市场，还是谨慎处理？"

泽维尔笑着说："兄弟，别太紧张了。说到底，这事儿有什么好担心的？我真心这么想。我们的公司发展得很顺利，就算这一单没拿下也不会有什么资金困难，再去找下一个客户就行了。如果你想证明自己是行业翘楚，那么我告诉你一个好消息：你已经是了。如果你想证明自己是神，那么告诉你一个坏消息：你不是神。"

听到这话，阿尔诺无奈地耸了耸肩……然后笑了出来。泽维尔说得很在理。于是他放下忧虑，尽情畅饮。几天之后，他们顺利拿下了这个大客户。

"伊莲娜说，医生很确定你没有感觉，看不见也听不见，大脑对外界刺激毫无反应，但我们还是要多跟你说话。我不知道这么做有没有意义，但试试看吧。我本来想给你读书，但是你还活……还没昏迷的时候就不爱看书。作为朋友，我不能逼你干你不喜欢的事。"

阿尔诺在心里面再次笑了。然后他突然感到一种绝望。妈的，他真想告诉泽维尔，他能听见他说的每一句话。他集中所有注意力，命令自己抬起眼皮、抿起嘴唇或是张开手掌。可惜他的身体却不服从——这个他一直以来引以为傲的、"像石头一样结实"的身体。

"这场事故后……我回想起，你开车的时候我们在通电话，在瞎讲笑话……"

"这不是你的错，泽维尔，是我先给你打电话的。我想问你桑托罗公司是否有回复……当时离公司就只有六分钟路程了，我是犯了什么傻！"

"我昨天好好思考过了。我给伊莲娜打了很多个电话，她一会儿信心满满，一会儿惊慌失措。是的，我思考过了，并且做出了决定。这也许对大家来说都能缓解痛苦。我不知道……"

"……你在说什么，兄弟？你可别跟我说'我突然意识到自己想变性'，我才不信你这套呢。"阿尔诺开玩笑地想。

"我想跟你坦白，阿尔诺……我一直以来都不理解她为什么爱你。说到底，你性格中确实是有挺糙的一面，不是吗？她很细腻，很聪明，是个美人儿……她本可以找到比你更好的对象……比如我。你把她扼杀了，就像扑灭了一根燃烧着美丽光焰的蜡烛。"

阿尔诺忽然有种清晰的错觉：他挣脱了大脑的束缚，大声喊出："不！"是不是自己又陷入了幻觉？泽维尔真的在身边吗？他真的说了刚刚那些话吗？

泽维尔抿着嘴苦笑了一下。从他嗓中发出一个独具特色的叹气声，每当他有所怀疑或后悔时都会这么叹气。阿尔诺闻到了泽维尔身上止汗喷雾的味道，清淡而有男人味。他试着破译香味的组成：香根草？不是。很多男士止汗喷雾或香水都以香根草为主香调，所以他能辨认出来。檀香和肉桂？还夹杂着果香，似乎是柚子。最后是少见而优雅的麝香。

阿尔诺自己都吃了一惊。香水是多种香味的组合，人们很少能清楚分辨出每个香调。但此时，他迫切希望自己能做到这一点。自从失去视觉和表达能力后，嗅觉就成为他重要的工具。现在的他就像拥有一个新生儿的身体，里面住着年近50岁的男人的灵魂。

"我对她一见钟情。第一次见到她时，我的心就被击中了。那天的情景就像昨天刚发生一般。那时我加入你的公司还没有几个星期，你邀请我在9月的某个星期日到你家参加夏末烧烤派对。她用大发夹将鬈发盘在脑后，穿着长及小腿的米色亚麻衬衫裙、黑色的打底袜和平底鞋。她亲吻了我的脸颊，问候我：'你好，泽维尔。我们以"你"相称，好吗[1]？'她准备了虾仁和扇贝烤串，搭配一种粉色的蛋黄酱……我忘了叫什么酱了。后来又端出了烤肉和拌着土豆和胡椒的塔布雷沙拉。甜品是用院里的李子做的水果塔。我们聊到了巴尔扎克和莫泊桑——她最喜欢的两个作家，而你从来没读过他们的作品。我很肯定你已经不记得当时的情景了……"

"不记得……伊莲娜组织过太多次社交性质的烧烤活动，我凭什么偏偏记得那一场？再说我才不在乎吃了什么烤串！重点是你爱上了她，你看上了我的老婆！你这个垃圾，浑蛋，滚出这个房间，滚！"

阿尔诺的灵魂仿佛瞬间转移至沙漠。他在沙丘上苦苦挣扎，每踏出一步就下陷一步，永远无法逃脱。他承认，刚刚的独白在现实中真实发生了，说出那些话的也确实是泽维尔。

"你是个渣男，阿尔诺。你拥有这世上最优秀的妻子，却对她一点儿也不尊重，就像对待擦鞋垫一样。"

"我当年就不该招你进公司，我的直觉告诉我这不是好主意。我一向听从自己的直觉，不知道那次中了什么邪。"

"伊莲娜……才是我没有抛弃公司、抛弃你的唯一原因。事

----

[1] 译者注：在法国，陌生人初次见面时往往以"您"互称，彼此熟悉后才改称"你"。

实上，老兄，你让我挺烦的。你总是说我选择单身很明智。你想错了！我单身，是因为我想娶的女人只有一个，就是你的老婆。阿尔诺，你太烦人了。你总是觉得自己掌握了真理，跟你意见不一致的都是错误的。当其他人假装承认你说得有道理时，你就会扬扬自得，完全没想到他们只不过是懒得争辩，把你当成傻子。我真的不懂，伊莲娜怎么能忍你这么多年。也许女人有她们独特的本领吧。女人总是对许下的诺言抱着顽固的执念，即使她们被辜负，被嘲笑，被冷落。你的老婆知道这么多年来你有过多少情人吗？最近的一个不就是我的秘书吗？爱丽丝·舍瓦利耶，身材火辣，大胸完全违背地心引力。对了，在你睡她之前，我已经睡过了。我不知不觉成了你这样的人：像只愚蠢的公鸡，在饲养棚里临幸不同的母鸡，然后'喔喔喔'地炫耀自己多厉害，其实脚边都是鸡屎。"

"但是……泽维尔，我不是这样的人……我从来没有强迫过任何一个女人。是，我的确会勾搭，但我不像有些老板那样以工作机会来威胁……而且这次是爱丽丝主动接近，对我表示好感的。我不是说她在勾引我，但她的微笑中满是暗示。"

"你冷酷地对待那些爱你或曾经爱你的人。我不是说你是虐待狂，但你完全不懂好好待人。你一旦得到了一份感情，就将它当作废物抛弃。这种心理问题叫作'唐璜症候群'，你知道吗？每次猎艳成功后，你都要寻找新的目标。人们说，唐璜是因为性无能，才会以此填补自尊。我看你更像智力上的无能。如果性能力有问题，我肯定早就从我们共享的女人那里听说了。"

阿尔诺的大脑里只剩下震惊。他从来没有想到泽维尔对他是如此轻视，不，应该说是蔑视。

"你看，说出来我心里舒服多了。反正你什么都听不见，也不能朝着我的脸狠狠揍我。对了，我觉得伊莲娜已经意识到我对她很着迷，虽然我不敢肯定。她的态度很明确……或者说一点儿都不明确，因为我从来都没有坦白过我多么爱她。我怕说出来后她会将我拒之千里，我承受不了这样的结果。她装作不知道我的感情，女人在这方面总是很有策略。所以我一步都不敢往前迈……我承认，我害怕她不理我。你的老婆就像难戒的毒药。我选择了维持现状，虽然我并不满足。但至少我还能在想念她时来看她，或是给她打电话。毕竟我是她老公最好的朋友……"

"妈的！伊莲娜，为什么你什么都不说？！我要提着他的脖子把他扔出去！他说得没错，我要狠狠地揍扁他的脸。你为什么不告诉我这一切？有帅哥向你献殷勤，你很享受？"

他的大脑忽然在某个瞬间短路了。随后一个女人的声音响起，陌生而不客气："伊莲娜根本没有错，傻帽！不要把自己的错误和盲目都怪在伊莲娜身上。你换了一个又一个情人，是她的错吗？你把泽维尔当成挚友，跟他交换'炮友'，也是伊莲娜的错吗？"

一种不自在的感觉在阿尔诺的神经系统中渗透开来。他大脑的某个区域——一直宣称他掌握真理的区域——忽然被关停。另一个区域苏醒过来，打败了它，拥有了表达的权利。在他脑中，"战斗区域"掌握了主权。为什么他这么自然地用了"战斗"这个词？他在做自我斗争吗？

女人的声音继续呐喊："不要再按照自己的意愿来想问题了，你应该根据事实来思考。阿尔诺，成熟一点儿吧，是时候长大了。你已经 48 岁了，随时都可能失去生命，要么就像个植物一样在病床上度过余生。自欺欺人没有任何作用。你不再需要向任何人证明你有道理，除了你自己。我不能任由你胡来了。"

这个发起挑战的对手就在他自己脑袋里。阿尔诺觉得"她"并不坏，但是很有警惕性，又很爱吵架。

阿尔诺继续发表他的指责："说真的，如果我之前察觉到她有一点点值得怀疑的地方，我一定会冲过去对质……你这个混账！等我醒过来，你最好躲得远远的。我要撕破你这张英俊的脸！就算要吃几年牢饭我也不怕！"

"你是个差劲的男人，阿尔诺。我不懂她为什么不蹬掉你，她明明比你聪明多了。她过得一点儿都不幸福。也许她放不下孩子？如果需要再多等几年，我愿意等。她教会了我什么是耐心。好啦，我的坦白差不多结束了。把这些说出来，效果比心理医生还好……"

他的语气是那么强硬、决绝，让阿尔诺害怕接下来的内容。

"我想了很多年怎么把你淘汰出局，原本的策略是买下你孩子们的股份，成为第一大股东。伯努瓦身边的人说他对你没什么好感。他不会反对我的。我要以行为不端为由把你赶出公司……"

"什么？伯努瓦的友谊不会是假的……虽然现在有些疏远了……在他搬去西班牙之前，我们的关系多么亲密呀。"

"你不知道吧：伯努瓦一直没有原谅你跟他前妻私通的事。无所谓了。现在重要的是说服雨果。他那么讨厌你，应该不会介意卖掉股份，让你难受难受。玛戈倒是不好说，她不太容易笼络。万一股份的事摆不平，我还有的是整你的方法。不要小看 ESSEC 毕业的工程师。我只须在账目的增值税那栏做点儿手脚，再匿名举报你，就可以让你万劫不复。我们可爱的阿尔诺就要一无所有啦。现如今税务部门对逃税漏税是不会手下留情的。"

"你这个人渣，狗娘养的！你不仅想抢我的老婆，还想抢走我的公司？"

愤怒被一阵夹杂震惊的晕眩感所取代。

但是，阿尔诺大脑的司令官——战斗区域还保持着清醒。"她"警惕地提防泽维尔这个显而易见的威胁。"她"对泽维尔的态度并不是蔑视，或者说并不全是。"她"对这个曾经最好的朋友抱着深深的恨意。

泽维尔的声音再度响起，但变得很平静，甚至有些无精打采："糟心的是，摧毁你很可能也没什么用。伊莲娜不会因为金钱问题而离开你。她会留在你身边，过着比以前更不幸的日子，这是我最不希望看到的。你出事故后，我慢慢承认了自己多年以来内心压抑的想法。人可以欺骗自己很长很长时间，把欲望关在心底的小角落。但是总有一天，它们会出乎意料地涌现出来。阿尔诺，我想要你死。你想象不出我多么希望你死。我保证，我这么说没有恶意……只不过……你死了我才能活。你的存在阻碍我活着。"

阿尔诺感到头晕目眩，呼吸困难。战斗区域的声音从远处传来："这是反射性晕厥……亲爱的，别焦虑。"

但阿尔诺听不懂这个医学名词。尖锐的警报声响起。阿尔诺迅速丧失知觉，陷入了黑暗。

重拾意识的那一刻，他闻到一股清香，取代了方才泽维尔身上那辛辣而具有男性力量感的味道。护士对他说："刚刚警报响了，别担心，没什么大事。我调整了氧流量。对了，我让您的朋友离开病房了……"

"谢谢，谢谢，太感谢了！"

"他看起来很虚弱，面色苍白……您好好休息吧。"

"虚弱？的确，他还没能如愿把我害死。混账东西！"

伊莲娜 III

星期日下午

朗布叶医院

伊莲娜来了大概半小时了，或者还要更久一点儿。她絮絮叨叨地讲述了当天午餐的情况，好不容易说到最后的部分：每个人各吃了一块小蛋糕。玛戈记得伊莲娜喜欢巧克力，特意给她买了歌剧院蛋糕，味道好极了。

阿尔诺在愤怒和气馁两种情绪间不断切换。

"我才不关心你们吃了什么，伊莲娜！你知道吗？你猜到了吗？泽维尔，那个表面上绅士、热心、可爱的泽维尔……"

"我一直在说琐碎的日常，是吗？确实，我目前没做太多值得一提的事。我会努力振作起来……但是现在还没有多大精神……我本想带个收音机过来……但我知道你一听广播就烦。哎，虽然放了你也听不到……利利亚纳说，你小时候很喜欢儒勒·凡尔纳。她曾经送给过你一套凡尔纳的书，是她从老邻居那里买过来的，配有彩色的插图，封面是红色和金色的。比起唠叨无趣的家庭琐事，给你读书应该会更好……昨天我去买了袖珍版，你看，就是这本，《环游世界八十天》。"

她清了清嗓子，开始朗读：

"佩利亚·福格先生这次打牌赢了二十来个基尼。七点二十五分，他辞别了那些高贵的会友，离开了改革俱乐部。七点五十分，他推开了自家的大门。路路通已经仔细研究过自己的工作日程，现在看见福克先生破例提前回家，感到非常奇怪……"

"女人应该能察觉到男人对她有意思吧？你真的什么都没发现？不可能吧？"

"'可是现在还没到晚上十二点。'路路通看着手里拿着的表回答说。'我知道，'福格先生说，'我并不是责备你。十分钟以后，我们动身前往杜伏勒和加来。'法国小仆人圆圆的脸上露出惊讶的神情……"

"伊莲娜，别读了！我现在不想听这些。你让我烦透了！"

出于愤怒，战斗区域苏醒过来："别闹了，阿尔诺！你才让我们烦透了。你现在是哑巴，知道吗？她听不到你的内心独白，不可能回答你。平静下来，否则我只能再次发动反射性晕厥。"

"是你……不对，是我自己引发了晕厥状态？"

"当然了，不然你以为是小仙女变魔法？傻帽！这是情绪波动引起的血管迷走神经性晕厥，懂吗？血管扩张，血液流速减慢，脑部供氧减少，再加上黏液堆积，你就陷入了晕厥。简单来说，大脑在面对难以承受的压力时会罢工。我看，你现在情绪这么激烈，不如让你晕厥。"

"辱骂我、把我当成傻帽的，是我自己吗？"阿尔诺惊讶地问。

"是你的一面，相对理智的一面。听好了，我的老朋友。我之前沉默不语，是因为你总是想办法压制我，也因为……过去的生活还算顺心。但现在水已经淹到脖子根了，我不许你把我拖下去一起淹死。别忘了你给我取的名字——战斗区域。我的使命是跟所有的威胁作战，包括跟另一面的你，这就是我要做的事。好了，听伊莲娜读书吧，福格先生的冒险故事多有趣呀。"

"'诸位先生，我就要动身了。等我回来时，你们可以根据我护照上的各地签证印章，来核对我这次的旅行路线。''噢！福格先生，用不着查对，'高缇耶·拉尔夫挺客气地说，'我们相信您是个讲信用的君子。''有证明总比没有好。'福格说。'您没忘记应该什么时候回来吧？'安德鲁·斯图亚特提醒道。'八十天以后，'福格回答说，'也就是在 1872 年 12 月 21 日，星期六，晚上八点四十五分。再见了，诸位先生。'"

他真的很喜欢她的声音，她的语调让故事变得更加有趣。她特意用英国口音来诠释佩利亚·福格这个略微疯癫的英国绅士，而读到法国仆人让·路路通的对白时，她则换成普罗旺斯地区像唱歌一样欢快的语调，虽然路路通在小说的设定中是巴黎人。

阿尔诺回想起孩提时代：他坐在厨房的餐桌旁，阅读摊在桌上的大开本图书，妈妈在一旁准备午后点心。半晌后，妈妈端过来巧克力牛奶和涂满果酱和黄油的面包片，让他把书合上，以免打翻牛奶，或者粘着食物的手弄脏漂亮的书页。他读书的时候，用食指点着句子，跟随着内容移动。妈妈关切地问："你看得清吗，宝贝？"

"看得清，妈妈。"

"真的？那为什么要用食指点着书呢？你读得很流利。"

"为了不弄错行。"

听到这话，利利亚纳竖起了耳朵。她这才意识到儿子有轻微的散光和远视，只是他一直以为自己看到的是正常的。之后，她带他去配眼镜。当验光师把眼镜架到他的鼻子上时，他哭天喊地，激烈反抗。从此，他只有在家里时才会戴眼镜——为了践行对妈妈的承诺。

想到这段往事，阿尔诺在心中再度微笑。他的妈妈有老鹰般锐利的眼睛，总能把他的情绪看得一清二楚，她明白儿子不想在学校里被人取笑，背上"四眼"的称号。利利亚纳对许多无关紧要的事情并不坚持，会依着阿尔诺的性子来，但对于重要的事情她从不让步。阿尔诺知道，有些命令无法违抗，索性摆出谈判条件来交换，比如多拿一些零花钱，或是以此来争取星期六晚上看电视的权利。

是你给了我力量和信念，妈妈。

奇怪，那些最美好、感人或有趣的回忆似乎总是与母亲联系在一起，奇怪而有些令人伤感。

突然，泽维尔闯入他的脑海。伊莲娜停止了读书，担心地惊呼："你的心跳怎么加快了？我马上叫护士！"

他听到伊莲娜快步跑出了病房。

"我没事，伊莲娜。我只是想扒了他的皮，你想象不出我有多恨他。"

玛 戈

空气中弥漫着香草的芬芳，夹杂着茴香的味道。香气来自他女儿的香水：洛丽塔·兰碧嘉。阿尔诺很喜欢这款清爽而具有东方情调的香水，但他不喜欢香水的名字。"洛丽塔"的概念让他很不舒服，尤其是在跟女儿相关的事情上。

"早，爸爸。说实话，我不知道来看你对你有什么实际的帮助，但是如果我不来，妈妈肯定要生气，奶奶更是以后都不会给我好脸色看。但是我不能待太久……我和朋友约好了在大学吃午饭。"

"真有你的风格。"阿尔诺在心中叹了口气，"你们俩发烧或是这儿疼那儿疼的时候，我和你们的妈妈可从来不会掐着表算时间。没办法，这就是为人父母的责任。你妈妈说，你表面上很平静，让人琢磨不透，其实内心隐藏着巨大的焦虑。而我一直觉得，你对所有事情都漠不关心。对，可以说有轻微的反社会人格。你的生活永远以自己为中心。"

他听到了椅子移动的声音。他敢肯定，女儿把椅子拖到了离床更远的地方，以拉长两人之间的距离。

"我最近发现了一件有趣的事。奶奶几乎从来不称呼你为'阿尔诺'或'你们的爸爸'，一谈到你，她就会说'我的儿子'。她在说'儿子'时，发音跟'女儿'也很不一样。她会格外加重'儿'的读音。你是她基因的传承，她身体的一部分，她生存的意义，她对自我价值的肯定。你不属于别人，只属于她。所以她总是用强调的语气来说'我的儿子'。我不知道这个特点应该算可爱还是瘆人，可能两方面都有吧。你也许理解不了，没关系，反正你也听不到。妈妈只是想让我多跟你说说话。你和妈妈从来没有区别对待过我和雨果。但我敢肯定，如果你有姐姐或妹妹，奶奶肯定不会把她们放在心上。"

她沉默了，思考着接下来的话题。片刻后，她说："妈妈说，她在给你读《环游世界八十天》……我也应该带些书来读，比如《亚历克西斯，或者一个徒劳挣扎的故事》。你记得吗，星期三早上雨果玩的那个游戏就是根据这本书改编的。或者读《苦炼》？《哈德良回忆录》？这些书都出自一个伟大的法国作家：玛格丽特·尤瑟纳尔，法兰西学院历史上第一位女院士。我和雨果都是她的忠实读者……你知道吗，你'智力低下又游手好闲'的儿子把她写的书几乎读了个遍。有些书值得一辈子反复读……每次重读都会有不同的感受。"

"行，雨果读书，那又如何？"

"你肯定又会说自己看不上这些阳春白雪的东西，是吧？我知道你要说什么，'这些东西可不能用来糊口，买大房子，养儿育女，等等。'你错了，很多时候你想的都是错的，但跟你争辩并没有用。读书能让人更好地认识世界、人类、自己的内心与矛盾。当然，我不是来给你上文学课或哲学课的。我只是想找些有趣的话题……"

"听着，你可以走了。我答应你我不会记恨。我不想再听一个万般不愿来看我的人喋喋不休地抱怨，实在让人心烦。昨天那个混账东西让我难受得不得了，够我消化好一阵子了。"

"……不如告诉你那个秘密？你觉得呢，爸爸？也许现在就是最好的时机，以后再也不会有这样的机会了：现在的你什么都听不到。这件事只有雨果知道。"

"……不妙！又有什么秘密？"

"我那时很犹豫……每天晚上回家前我都下定决心要说出来，但每次话到了嘴边就又憋回去了。那段时间我惊慌失措。很显然，他不想承担责任。我之前就知道这一点，并不是他临时变卦。"

"你在说什么呢？"

"我去了一家位于切斯奈的医院，就在凡尔赛附近。医院的人挺好的。起初我很担心他们拒绝我，因为当时我还差几个月才成年。但是他们没有为难我。我告诉他们'我跟家人的关系不太好'，所以他们没有强求父母的许可。手术的前一个晚上，我压根没能合上眼……之后的夜晚也失眠了。我对自己说，我犯了人生中最大的错误。但是……我没有别的选择，只能去做人流。幸好还算及时……"

阿尔诺的脑中如同晴空闪过霹雳，只留下一个念头：这是个糟糕的玩笑吧？

"当时我肚子很疼，流了很多血。医院的人告诉我，流产就像失血量特别大的月经，这种说法让我稍微安心了一些。两年后的今天，我依然没有完全走出来，心还是隐隐作痛。所以，我一点儿都不想理会你们每天早上的愚蠢争吵。如果你们只会为鸡毛蒜皮的小事闹得不可开交，找不到其他更有意义的事情做……那是你们的损失。我跟雨果说了无数次，他口头上答应我，最后又回到老样子。他说，如果没有人站出来反抗你，你会把我们都压得喘不过气来。"

"宝贝儿，不是这样的！你的弟弟傲慢无礼，总想证明自己有道理。"

"手术后的第二天，我忍不住流泪，只好对你们说，我的眼睛对眼线笔过敏了。"

阿尔诺心中涌起一股流泪的冲动，他喃喃地说：

"宝贝儿，我的宝贝儿，为什么？为什么你不告诉我们发生了什么……"

"我想，妈妈可能会理解我。她肯定会不高兴，但会劝我留下这个孩子，不管孩子的父亲愿不愿意负责。他是大学的助教，未婚，没有孩子。我只不过是他勾搭上的一个女孩，不是第一个，也不会是最后一个。我真是太天真了！痴痴以为他真心爱我，多傻呀。是啊，这是我的初恋。妈妈要是知道了，很可能会说，我可以生下宝宝，我们家有足够的经济条件来抚养，而她不介意家里多一个孩子；我可以继续完成学业，由她来照顾宝宝，等我毕业后再接手。但是，你肯定不会同意。我之所有没有说出口，是因为预想到你会有什么样的反应。我怪你吗？是的，你想象不出我多么怪你。"

不，不，不，他不是那么不讲道理的人！她怎么会这么想呢？

"不是这样的，玛戈！我会很乐意接纳这个孩子！"

"我知道，如果你现在意识清醒，一定会宣称你愿意接纳这个孩子。这不是出于真心。你一开始不会反对，因为你不是个铁石心肠的怪物，你只是冥顽不灵。但这件事后，我一辈子都要承受你的谴责：'一个40岁还没结婚、没孩子的男人，长得不错，头脑聪明。迷恋上这样的男人也太蠢了。这种男人把女人当作消费品，用完就丢。你是有多糊涂才不吃避孕药，用避孕套也行呀，最好两个都用。'可惜我不是那么懂事。是的……我没想到，几次性行为会让我怀上孩子。我不像你，常年习惯于用避孕套。不是吗？你那些风流韵事，我和雨果很久之前就猜到了……"

阿尔诺从她逐渐变得含糊的声音中猜到她眼中满含泪水。他的大脑被懊恼的情绪所占据："我的宝贝儿……我……很抱歉。你不知道我多懊悔。你说得对，你怕我批评你无知，怕我反复说大道理来揭你的伤口。"

"只有妈妈一直是盲目的，听说爱情中的女人往往如此。太恶劣了，你对妈妈实在太恶劣了。你的言行举止简直是反面教材……让人不自觉地害怕，害怕遇到像你这样的男人。这也是我……爱上他的原因。他看起来跟你完全不同，是那么懂得倾听。可惜这都是表面，我看错了人！他是个愚蠢的懦夫。遇到这样糟糕的初恋，是我自己倒霉。尼采说过：'那些没能杀死我们的，终将使我们变得更强大。'尼采是德国的哲学家，如果你不知道的话。的确，我变得更强大了，但我也失去了很多对生活的幻想，我的恋父情结彻底消失了。简单来说，恋父情结是女孩对父亲的一种憧憬，类似于'我爱爸爸，我长大后想要找一个爸爸这样的丈夫'。有些女孩的确有恋父情结，比如我的一个女友。在她眼里，爸爸是最优秀、最英俊、最聪明的人。而我不一样，我寻找的是跟你截然相反的男人。无论如何，我都不想跟你这种类型的人在一起! 宁可一辈子单身。"

这个精神上的巴掌打得极其响亮。如果不是处于昏迷状态,他应该会一口气喘不上来。他一直认为,女儿会比儿子更喜欢父亲。一方面,当然是异性相吸这个原因,另一方面,父亲通常对女儿更宽容:父亲会更多的把期望投射在儿子而非女儿身上,而女儿也相对更乖巧。如今,他被狠狠地打了脸。要知道,他的理论是建立在女儿钦慕、爱戴父亲的基础上的。现在他惊恐地发现,自己居然成了玛戈心中的男性反面教材、"最不可容忍的类型"。再想到玛戈是因为自己,才选择独自承担身体和心灵的创伤,把秘密藏在心底,他就忍不住想哭喊。他的大脑蜷缩成一团,试图缓解痛苦:"太糟糕了……我们有经济条件……本可以留下那个孩子……的确,伊莲娜会很高兴家里多一个孩子,是我拒绝了他的到来。但是,你不应该……变成这样一个惊慌、孤僻、无助的姑娘……"

战斗区域没有把玛戈当作威胁或敌人,相反,她站在了玛戈的一边,开始批判阿尔诺:"她确实是个惊慌、孤僻、无助的姑娘,被失恋的痛苦深深折磨。就算家里有钱养育这个孩子,你也会让玛戈一辈子活在压抑之中。我并不是说你有意伤害她,你不是坏人,只是情商不高。如果她选择生下孩子,你会一而再、再而三地旧事重提,宣扬你说得有道理,而她做错了事。她会预想不到这样的情景吗?这个可怜的漂亮姑娘,你的女儿,我们的女儿，她的心有多痛啊。在平静的外表下，她的心、她的精神在流血。谁都看不到她体内的伤口，一滴一滴渗着血——"

"别说了！你给我闭嘴！"他怒吼道。

"不。我是你的另一面，你没有资格命令我。你大可以发号施令，但我不会听从。你最好尽快适应现在的状况，我的朋友。"

一只手覆盖上了他的手，凉凉的。随后，他的面颊上印上了一个吻，掺着泪水。

战斗区域在他心口最痛处狠狠揪了一把："如何，老兄？你以为玛戈把椅子拉远了。事实正相反，她把椅子往前移了，想拉近你们的距离。"

夹杂着啜泣，玛戈说："我要走了，爸爸。确实，我埋怨过你。但我也爱你……我依然爱你。有时我会自问我的选择到底有没有错。我也不知道，我的想法每天都在变。"

"等等……等等，玛戈，别走，求你别走！我爱你，我的宝贝女儿，你不知我的爱有多……等等……"

门关上的声音格外沉重。他感到温热的泪水从不知何处滴落。在他体内某一处。

直到这天，阿尔诺才知道，原来大脑也会哭泣。

伊莲娜 IV

伊莲娜借助手机应用，朗读着儒勒·凡尔纳的小说。

阿尔诺一个字都听不进去。他苦苦哀求，焦躁不安，威胁怒骂，最后又回到哀求："伊莲娜……你需要跟玛戈谈谈，越快越好。听我说，求你了，伊莲娜，你需要做点儿什么！我才不在乎什么佩利亚·福格！玛戈怀过孩子，她做了人流，她很孤独、迷茫、无助。作为母亲，你怎么能毫无察觉呢？"

反驳的声音立刻响起："够了，说来说去又是她的错，永远不是你的问题！你也太自以为是了！"

"你闭嘴。听到了吗？给我安静点儿。"

"我偏不。"

这时，博利厄医生进入了病房。

伊莲娜连忙站起身，说："晚上好，医生……检查结果出来了吗？"

神经科医生满脸严肃地回答："我刚刚给巴黎那边的实验室打了电话。很抱歉，他们说明天早上才能拿到结果。刚刚我……见到了您的婆婆。她是个……怎么说呢，气势不凡的女人。她简直想抓起我的衣领，把我摁到墙边质问她儿子的情况。"

"我不明白。您是说，她是个……保护欲过强的母亲？像保护幼崽的母鸡一样……"

"与其说像母鸡，更像老鹰，不是吗？"

"我很抱歉……"

"对于这种类型的母亲，我一直心怀同情，尽可能多照顾……当然，这也有个度。我向她解释了目前的状况，但我感觉自己是在对牛弹琴。她听不进任何话，只想得到一个承诺：她的儿子很快会从昏迷中醒过来，迅速恢复体力与智力，如同鲜活的玫瑰一样焕发生机。可惜我没办法做这个保证。她只有这一个独生子，是吗？"

"是的。而且婆婆很年轻的时候就丧夫了。"

"啊，我明白了……的确是血浓于水、相依为命的母子俩。您的儿子刚刚也在……他很聪明。他这么年轻，没有医学知识背景，却能提出许多有意义的问题，真是独具天赋。我们讨论了很久。他的奶奶一直威胁我一定要治好病人，口吻是礼貌的，但态度很强硬。后来她独自上楼了。"

"再次向您道歉，我感到很难堪。我的婆婆实在是……"

"她爱自己的儿子胜过一切。她很害怕，非常非常害怕。我理解，有些人在这种状况下会表现出极强的攻击性，这是他们宣泄压力的方式。这其实是好事，对他们自己而言。当然了，承受他们怒气的人就没那么好受了。"他笑着说，"对了，您丈夫的各项生理指标都还不错，很稳定。希望明天早上我能给您更多信息。嗯……莫兰夫人，您看起来很疲劳。您应该好好休息，不需要每天来两次，每次待几个小时。您的丈夫并不缺少探望。他这种状况对配偶的身体和心理会造成巨大的损耗。他很需要您，所以请为了他保重您的身体。"

"哦，您放心，我休息得很充足，虽然我睡眠不太好。说实话，我宁愿来这里，也不想留在家跟我的婆婆待在一起。"

"你们的关系不太好吗？希望我这么问不会太冒昧。"

"也不是。原因比这个要复杂。她之后一定会把事故的责任推到我身上，她现在已经开始这么想了。在她眼里，她的宝贝儿子永远不会有错，错的是我们：如果吃早餐时没有发生争吵，如果雨果没有惹他爸爸生气，如果我之前叮嘱他治好了肠胃炎，如果这样，如果那样……阿尔诺就不会在开车时分心。"

"但是开车时打电话的是他自己。"医生辩驳道。

"啊，她看不到这一点。阿尔诺做什么都是对的。"

阿尔诺叫嚷道:"别浪费时间说我母亲的坏话了,快回家跟玛戈谈心!我们家小公主出了这么大的事,可不是我母亲的错!"

"这不是任何人的错,傻帽!实在要说,做错事的是玛戈的情人,他应该劝玛戈服用避孕药,而不是抱着侥幸的心态。说起来,你已经很久没有叫过玛戈'小公主'了。"

战斗区域说得没错,他承认,近年来女儿在他心中仅仅只是"玛戈"。

"我先告辞了,莫兰女士。请振作起来。"

病房里重新响起佩利亚·福格的冒险故事。

"回答完问题,向导从丛林深处牵出大象,然后自己爬上了象脖子。正当他打算吹起赶象的口哨时,福格先生制止了他,对弗朗西斯·柯罗马蒂说:'我们去救这个女人怎么样?''救这个女人?福格先生!'旅长惊讶得喊出了声。'我还富余12个小时,可以用来救她。'"

"伊莲娜,求你了,回家吧。找到和玛戈单独相处的机会,她需要对你敞开心扉。告诉她,我们非常爱她,会永远支持她……"

"'咦,您还真是个热心人啊。'弗朗西斯·柯罗马蒂说。'有时是,'佩利亚·福格简短地回答道,'在我有闲功夫的情况下。'"

一阵让人无法忽视的"嗡嗡"声响起。阅读声戛然而止。

"喂?啊,伯努瓦,你好吗?埃米莉亚也还好吗?……没有进展，目前还没有拿到新的检查结果……周末耽搁了……不……主治的神经科医生资历比较深，他说阿尔诺处于深度昏迷状态，医学上叫三度昏迷。他对外界刺激没有任何反应，听不到也感觉不到……啊，真的？太好了。你可以来我们家住。"伊莲娜的语调变得稍微欢快了一些，"啊……好吧。能来就好。你有时间来家里喝两杯吗？太好了，明天见。好的，再见。"

片刻沉默后，伊莲娜说："刚刚伯努瓦来电话了。明天他会乘最早的航班从马德里飞过来。他在戴高乐机场订好了车，下飞机后就直接赶来朗布叶。他迫不及待地想来探望你。他真是个值得信赖的好朋友，虽然没有泽维尔那么风趣，但……"

"别提那个混账的名字！"

"……他是个强韧的人。我很高兴能再与他见面。他先来看你，然后跟我回塞尔奈拉维尔喝几杯，聊聊天。我也可以趁机放松一下。我先走了，阿尔诺。我得去买点儿东西准备开胃酒。现在家里……可以说乱成了一团。"

温暖的吻轻轻拂过他的脸颊。

病房再度被宁静所笼罩，只听得到监护器那微弱而有规律的鸣叫声。也许，这声音是他自己想象出来的？他也不知道。

啊，真糟糕，伯努瓦要来。伯努瓦知道前妻福德莉奇与他有染。现在的他只能默默接受谴责，不能解释，不能为自己辩护。即便能辩解又如何，他绞尽脑汁也找不出站得住脚的理由。擅长挑刺的战斗区域抓住机会发言。

"找不到证据？哎哟哟，看来你有进步，开始理智思考了？鉴于你在这方面起点几乎为零，要提升的空间还很大，但有进步终归是好事。你刚刚说'解释'，'为自己辩护'？我很好奇你要如何辩护。你认为，这件事不能简单定义为对好友的背叛？"战斗区域挖苦道。

阿尔诺一方面并不想搭理战斗区域，一方面试图回想自己背叛好友的原因与始末。如果选择不搭理，他害怕大脑的司令官罢工，毕竟，"她"就是他自己。说起来，当年他的确为自己找好了辩解的说辞，虽然不见得多正当。那段背叛好友的记忆在他脑中逐渐清晰起来。

"是，我也很怨我自己。满意了吗？这件事我的确做得不光彩，甚至可以说很卑鄙。我一直很后悔，特别是在他们离婚的时候。当时，福德莉奇向我保证她没有透露过我们的关系。我不知道伯努瓦是怎么知道的。你肯定会说，我是为了维护自己在编故事，但是，这是事实。那天晚上，我去他们家做客。伯努瓦打电话说他要晚点儿到家。刚挂上电话，福德莉奇就投怀送抱，把我推倒在沙发上。"

"干得漂亮！跟好朋友的老婆在客厅沙发上缠绵！"

"够了！我说了，我也觉得自己很卑鄙。总之，福德莉奇床上功夫挺好的，我们维持了几个月的情人关系。之后，在一致同意下，我们结束了这段关系。"

"是出于姗姗来迟的愧疚之情吗？"

"我对她有些厌倦了。另外，我确实觉得这么做不光彩。福德莉奇也害怕伯努瓦起疑心。有一点需要强调，福德莉奇有过不少情人，我和泽维尔都很清楚！"

"是，是。所以，你可以跟朋友们的老婆上床，泽维尔却不能觊觎你的老婆？这就是你的逻辑？"

"不是朋友们——我只跟一个朋友的老婆上了床。"

"当然了。因为你只有两个朋友，其中一个单身。你的辩解很可笑！"

"在这么思考的是我自己吗？"

"是的，老兄。"

"那为什么要由你来对我说出这一切呢？"

"因为……大脑内部的区域还没连接好。"

"什么意思？"

"别想转移话题。我们在讨论福德莉奇的事呢。"

"不，辩论已经结束了，我没什么好说的。我的所作所为很卑劣，我知道。而且……昏迷状态下的我也没办法辩解。伯努瓦不是粗暴易怒的人，但……如果他在气头上……"

"你怕他打你？别担心，小可爱，我有对策。"

"什么对策？"

"再次发动反射性晕厥。监护器一报警,伯努瓦就会被护士赶走。很简单,不是吗?"

听到这句话,阿尔诺松了口气。紧接着思维断了线。

伊莲娜 V

"嘿，希望儒勒·凡尔纳的小说没让你听烦。你知道的，现在也没发生什么值得一提的大事，我生活的重心就是来看望你，其他都是些日常琐事。利利亚纳今晚会来探望，雨果明天早上没有课的话也会过来。雨果现在很听话。要是从前，别人跟我说雨果主动收拾了餐桌，我肯定会惊讶到下巴都合不拢。最近他大概察觉到我有些崩溃，总是尽力为我分担压力……"

"你需要跟玛戈谈谈……这是当下最重要的事。"

"玛戈也是……我发现她突然变得……容易接近了。我们在沙发上看电视时，她搂住了我。你知道吗？她有许多年没有做出过这样亲昵的举动了。女儿把我搂进怀里，亲吻我的脸颊，这让我的心都融化了。那些吻不同于平日礼貌性的问候吻，而是充满真情实感。我当时……感动得几乎要哭出来。最近我常常热泪盈眠。我发现……说到底，我们的家庭维护得并不差。你不知道意识到这一点对我来说是多大的宽慰。我之前以为我们的家庭关系一团糟……但事实并非如此。面对考验时，我们一家人团结在了一起，努力克服困难，这真的非常可贵。昨天晚上，我发现自己不再感到寂寞。"

"和玛戈谈谈，求你了，这真的很重要。她很痛苦。我们的姑娘承受着巨大的伤痛，我们的女儿在受罪。"

他听到了椅子移动的声音。随后，一个男人的声音响起，带着喜悦的语调："我刚刚收到了检查结果，和我之前猜想的一致，我可算松了一口气。莫兰夫人，您一定想不到！"

"什么，您说什么，博利厄医生？"

"他会醒过来，我不知道具体需要多久，但他会好起来的……"

"耶！！！"战斗区域突然发出了大声的欢呼。

"……我们发现他体内存在抗神经节苷脂抗体，主要是抗 GQ1b 抗体。这与我之前的猜想一致：肠胃炎与发烧引发了格林－巴利综合征或 Bickerstaff 脑干脑炎。我还不确定这两个症状是不是同一个临床谱的不同表现形式。这不重要。今天下午我们就开始实施免疫疗法。"

"请您解释一下，这是什么意思？"

"我说的这些都是神经疾病，通常由感染引发。感染发生后，免疫系统出现过度反应，从而攻击自身机体。简单来说，这属于自身免疫性疾病，只不过导火索是某个外部因素，比如病毒。"

"肠胃炎是导火索？"

"是的。我们现在要做的是限制他体内过度的免疫反应。我们有针对性的疗法。"

伊莲娜简直想跪倒在地，感谢所有的一切：感谢上苍，感谢生物学，感谢科学，感谢医学。眼含泪水的她抑制着激动断断续续地说："什么时候？他会恢复到哪种程度？医生，您现在是不是已经确定了他不会死？请如实告诉我，拜托您了。"

"什么时候？我现在也不知道。但他不会死，这是肯定的。一般情况下，注意，我说的是一般情况，不是必然：六个月到一年之后，这类疾病的后遗症会消失，或者变得很轻微。"

"您之前就知道了，不是吗？"

"不，我之前只是猜想，并没有笃定。莫兰夫人，我不能向您担保我不确定的事，以免结果出来发现猜测错误，让您燃起的希望再度破灭。就像我跟您的儿子解释的那样，医学并不像数学或化学那样精准，我们只能一步步摸索最佳方案。但是，当我发现他出现巴宾斯基反射时……"

"巴宾斯基反射？您是说新生儿反射吗？"

"对，是同一类型的足底皮肤反射。用手指轻划六个月以下婴儿的足底时，脚趾会呈扇形张开，肌肉会收缩。您的丈夫在刚入院时，罕见地出现了这种反射，张开了脚趾。这证明他的神经系统受到了损伤。所以我才要求进行抗体的定量检测。巴宾斯基反射是这类神经疾病的症状之一。"

几声抽泣后，伊莲娜说："我不知道该如何感谢您。虽然有点儿怪罪您的隐瞒，但我理解您的用心。谢谢，太谢谢您了！"

"博利厄老兄，你真是神医。谢谢，万分感谢！我终于可以脱离噩梦了！"

"人类大脑的结构极度复杂。过去二十多年来，我们在脑部医学上取得了许多进步，但直到今天，我们对人脑的认识还很局限。在过去很长一段时间里，人类把大脑和身体隔开来分析，这完全弄错了方向。这两者紧密相连，相互作用。您看，愚蠢的肠胃炎或最平常不过的流感都可能引发昏迷。"

"啊，我突然想睡一觉，虽然今天并没有吃安眠药。我心中的大石头终于落了地。可能是肾上腺素或是其他什么激素突然让我犯困了吧。"

"回家吧，莫兰夫人，好好休息。从现在开始，情况会越来越好。我们已经明确了应对措施。"

"我的婆婆会在中午之前过来。"

"谢谢您告诉我。您把这个好消息转告给她吧。至于我，我会乖乖藏在办公室里，让秘书小姐告诉她我不在。"他开玩笑说。

伯努瓦

他听见厚重的大衣搭在椅背上的摩擦声。病房里弥漫开来一股阿尔诺并不熟悉的香水味，是很好闻的男士香水。

"还好吗，兄弟？"

伯努瓦，公司的第三大股东，他曾经辜负过的好朋友。

这么说，他的母亲应该已经来过了，但他对此毫无记忆。真是奇怪啊，人类的大脑，这个被博利厄定义为极度复杂的东西。阿尔诺越来越觉得他的大脑是独立自主的，它想运转就运转，想停下就停下，并不听从主人的意愿。更别提战斗区域这个在他脑里兴风作浪的瘟神了。

"没错，傻帽。你还摆脱不了我呢。""她"立刻做出回应。

也好，至少"她"能充当警卫。如果伯努瓦要在他身上撒气，实在危险时"她"可以再次发动反射性晕厥。第一次晕厥是他今生最恐怖的经历，远比车祸发生时恐怖。那是呼吸困难、濒临死亡的感觉。至少，现在他知道，当大脑面临它不能或不愿承受的压力时，在突然断线前会有哪些前兆。他脑中忽然跳出一个令人在意的问题：为什么战斗区域以女性形象出现？的确，这个阴性词[1]选得没有什么道理。阿尔诺完全可以用阳性词来为它命名：前线、大本营、战场……为什么他选择了这样一个阴性词呢？他很快找到了答案：他的母亲。他的母亲就像一个英勇的战士，一个人胜过一支军队。所以，这个竭力捍卫自己、与一切威胁作对、不惧被人厌恶的分身是女性形象就不足为奇了。不，妈妈，你才没有被人厌恶。你也不会称呼我为"傻帽"。只有我脑袋里的这个泼妇才敢这么叫。我讨厌她吗？一开始的确是。现在，我得承认，我开始喜欢与她对话。但她总爱彻彻底底地激怒我。她就像那种傲慢的大小姐，宣称"我比别人知道得都多"，让我有些吃不消。说实在的，我很惊讶：我从没想过自己的大脑会有女性化的一部分。有种说法是，每个人的内心都是男女双性的，比例因人而异。如果我可以选择，我想拥有女性的皮肤，不要胡子。至于大脑，绝对不要有女性的成分。不是我大男人主义，有一点必须承认：女性总会因为一些小事为自己编织千千万万个心结。

---

[1] 译者注：法语中的名词分为阴性和阳性，"战斗区域"为阴性词。

"可不是吗？为了你的破纸箱们心有千千结，才是世上最正确的选择，对吧？"

"你真的很烦人，你知道吗？"

"那你还没有见识到我一半的本领呢！好了，听听我们的老好人伯努瓦要说些什么吧。我已经迫不及待了。"

伯努瓦的沉默不语让气氛变得很沉重。他一向不爱开玩笑，而是理智思考、严肃发言的典型。他也很聪明，独具洞察力。许久的沉默后，他终于开了口："我想了很多，阿尔诺。上星期三晚上，伊莲娜给我打了电话。埃米莉亚和我都很震惊。我们都真挚地希望你能尽快醒来，特别是在医生告诉伊莲娜最新的进展之后。啊，人生总是充满两难。我不知道你对这一切知道多少。你现在听不到我说话真是太好了，我们就趁此机会把错乱的钟摆给调回来吧。我之前就知道福德莉奇有外遇。虽然她有很多优点，但她在心理上有些问题。现在回头再看，她似乎有女性求偶狂的倾向，看见男人就忍不住要勾搭。根据我看过的一些资料，有这种心理问题的通常是无法达到性高潮的女性，不知道是不是真的。如果是，那我也有错。无论如何，她并不幸福，而我比她更不幸。多年来，我们的婚姻都处于很失败的状态，只不过我们一直勉强忍受，直到最后彻底崩盘……"

"伯努瓦，我太卑鄙了……我做了很浑蛋的事。我真诚地向你道歉……"

"其实很多年前我就开始有所怀疑。仔细想来，我并不怪她收集了一个又一个情人。我不能接受的是，她一直骗我，说她爱我，说我是她生命中最重要的男人。不，我只是她众多男伴中的一个，保证她物质生活的那一个。这件事对我来说是沉重的打击。我们离婚离得很干脆，因为我手上有很多证据，也因为我们签过婚前协议。结婚前我的母亲坚持让我们签协议，福德莉奇因此很不高兴。我的母亲很讨厌她，你知道吗？一开始我以为这是出于天然的同性相斥。但事实上，我的母亲看人很精准。"

"她是个称职的母亲。"

"当我知道你和她有私情时，我对你是心怀怨恨的。你背叛了我们的友谊，用最过分的方式侮辱了我……"

"你有这样的反应很正常。如果我遇到这种事，肯定会气到发狂。"

"我在自家床上抓到福德莉奇和电工偷情，我怒火中烧。之后我逐渐发现，她跟身边的男人都有一腿。需要强调的是，即使不考虑这些外遇，我在这段感情淡漠的婚姻中也并不幸福。于是我要求离婚。当时我还不知道你也跟她上过床。之后过了几个月，我还没有完全走出阴影。直到我遇到埃米莉亚，一个符合我内心所有期待的梦中情人：美丽聪明，风趣多情，虽然有时候爱唠叨，但听她唠叨也是一种乐趣。而且，我越来越感觉不到这种唠叨了。男人总嫌女人话多，因为她们反复提起那些我们应该做却不愿做的事，比如一星期重复说十五次：'亲爱的，院子里的玫瑰需要修剪一下了。'虽然很烦人，但她们说得有道理：玫瑰的确需要修剪了。无论如何，现在我过得很幸福。我爱的人也深爱着我，这是来之不易的幸福！至于你，你娶到伊莲娜真是运气太好了。"

"是啊，傻帽，幸好我们遇到的是伊莲娜。是时候意识到这一点了。"战斗区域用责备的语气说。

"别抓着我不放行吗？我在听他说话呢。"

"我在犹豫几天后，决定今天早上乘坐最早的航班来看你。我跟埃米莉亚讨论了这件事，她很少这么直言不讳。她认为，有些事应该做，即使内心不太情愿，也要顾及道义。所以我来了。"

埃米莉亚。阿尔诺之前只见过她寥寥数次。她身材娇小，充满活力，头脑聪慧。她有一头浓密的棕色鬈发和西班牙风情的娇俏红唇，说起话来语速特别快，就像从嘴里发射出一颗又一颗子弹。她完美掌握法语和英语，几乎没有任何口音。她是专攻海事法的律师，凭借过人的天赋很快成为行业翘楚。

"所以我要告诉你……我原谅你了，因为……结束那段噩梦之后，我迎来了美好的生活，每一天都像活在美梦之中。当然，我不是要感谢你给我的绿帽子多加了一顶。得知你和福德莉奇有染，是在我和埃米莉亚决定结婚的节点上，那时我正沉浸在共同生活的甜蜜之中，这多多少少缓解了这件事的打击。准备婚礼真是天下最头疼的事！"他不禁笑出声来，"天啊，我这辈子再也不想办婚礼了！埃米莉亚差点儿把餐饮团队的人弄疯。我就不跟你细说他们多崩溃了。话说回来，应付挑剔的新娘也是他们工作的一部分。对我来说，只要有伊比利亚火腿、沙拉和好喝的酒，就万事俱备了！她不一样，在她眼里，餐巾纸的样式堪称国家一等大事。唉，女人就是这样！所以我能逃则逃，尽可能不掺和婚礼的筹备。"

阿尔诺在大脑中笑了笑。伯努瓦的确怨恨过自己，这合情合理。但他已经不再计较，因为跟埃米莉亚在一起远比跟福德莉奇的婚姻幸福。阿尔诺也觉得这两个女人毫无相似之处。

"呃……因为对你和福德莉奇的关系心存芥蒂，所以我们没有邀请你参加婚礼。埃米莉亚跟伊莲娜说，我们结婚结得很匆忙，不打算举办仪式。这是谎话，其实我们举办了隆重的婚礼。好了，这就是埃米莉亚想让我坦白的事，都说完了。我知道你听不见我说话，没关系。等你摆脱了昏迷状态，我会再说一次……我老婆很坚持。如果我不这么做，她是不会罢休的。"

阿尔诺在脑中屏住了呼吸。他预感到话题要转变了，也许是转向不太愉快的内容。

"……泽维尔来马德里找过我，告诉我，我最好的朋友，你，跟福德莉奇私通过好几个月。埃米莉亚目睹了他'充满心痛'的坦白。她立刻看穿了他的心思，作为律师，她在这方面的洞察力可不是虚的。泽维尔在使坏心眼。我从来就没有欣赏过这个人，而埃米莉亚从一开始就对他没有好感。我的老婆是个思维缜密的聪明人，她还拥有女性特有的敏锐直觉。是的，女人有第六感，比男人更容易感知秘密。总而言之，她看出了泽维尔有企图，事实证明她没猜错。泽维尔来说你坏话，是因为他想买下你孩子们的公司股份，把你从公司管理层踢出去。他想知道身为股东的我是否会反对。我刻意给出了模棱两可的态度。"

"我就知道。这个混账，垃圾！"

"我觉得你骂人的词汇有些匮乏。"战斗区域插了一嘴。

"我知道几个特别脏的粗话……只不过我不想在女士面前表现得太粗鲁，虽然这位女士是我脑袋里的不速之客。"

"那你真是个绅士。""她"带着挖苦地称赞道。

"他走了以后，埃米莉亚告诫我：'别跟他合作。这样一个背叛朋友的人，也随时可能背叛其他人。'他之所以告诉我你和福德莉奇有过私情，是想让我憎恨你，报复你，从而协助他将你铲除。我从没有信任过泽维尔，这次也不例外。"

"泽维尔是个肮脏的家伙。我之前被他的才华所蒙蔽，把他当作亲兄弟一样看待。我真是瞎了眼！"

"等你身体恢复了，刚刚说过的，我会再说给你听。阿尔诺，这不是场面话，我希望你尽快醒过来。好啦，我要去看望伊莲娜和你的孩子们了。今天晚上我就回马德里。任务完成！"

阿尔诺听见他的朋友（如果"朋友"一词如今还适用的话）挪椅子的声音。接着他套上了大衣。

"等等，我忘了一件重要的事。刚刚我在坦白时太紧张，一下子没转过弯来。我要有孩子啦！不对，应该说是'我们'。埃米莉亚已经怀孕三个月了，我们都很开心。我一直想要孩子，但福德莉奇不愿意。我不知道她是害怕身材走形还是母性不强烈，又或者是不想让怀孕打扰她频繁的性生活。无论如何，现在看来没有和她生孩子是件好事。所以，再过几个月我就要当爸爸啦。我开心得不得了，当然也有点儿慌张。我这个年龄要孩子也许会有人觉得晚，但我不在乎。"

"我真为你感到高兴。你一定会成为非常好的父亲。"

"好啦，兄弟，我走了。"

沮丧代替了方才对泽维尔的愤恨。阿尔诺感到失落、迷茫。心头的疼痛让他表现出攻击性。

"怎么样，战斗区域？你没有什么恶毒的评论要发表吗？诸如'可怜虫，你有多迟钝才意识不到泽维尔真的要害你？甚至企图和你的好哥们儿伯努瓦联手？'。"

"不，我跟你说过，你不是坏人。我也不是坏人，因为我就是你。现在这个情况，我没有感到惊讶，也就是说你也不觉得惊讶。其实在内心深处，你知道事情会这样发展，只是不想承认罢了。我们很勇敢，阿尔诺。勇敢是什么？是勇于面对巨大的打击，不退缩，不逃避。也许会遍体鳞伤，但总会恢复过来。最严重的伤是自身的懦弱，它是永远不会痊愈的。聪明人应该懂得这一点。"

"请你断开我的思考吧。我听说，伤口痊愈大多是在睡眠中完成的。你说得对，我的大脑现在遍体鳞伤。"

帕斯卡尔·博利厄

星期二晚上

朗布叶医院

一个平静、深沉的嗓音响起，让人不禁猜想它的主人是不是一个棕色头发的绅士。阿尔诺马上听出了说话的人是谁。

"晚上好，莫兰先生。我是负责医治您的神经科医生帕斯卡尔·博利厄。我收到了诊断报告的确认书，从明天开始我们将实施新的治疗方案。我们有两种治疗方式，会根据初步效果来决定后续方案。我们首先会实施免疫疗法——静脉注射免疫球蛋白，这是最简单的方案。如果没有达到预期效果，我们会在此基础上增加血浆置换。这是为了……清除你血液中攻击自身组织的抗体。这两项技术都已经很成熟，能取得很棒的疗效。另外，我发现您是个顽强不屈的人，这对身体恢复来说极为关键。"

"博利厄，我以前一直不太喜欢医生……和许多身体健康的人一样。但是，我要承认，遇到像您这样的医生是我的幸运。"

他感觉到医生坐到了病床的边沿。

"……环境同样是关键的因素。您有一个很棒的家庭,莫兰先生。一个充满力量和凝聚力的家庭。这是天大的运气,但往往只有遇到艰难险阻时人们才能意识到。我也是非常重视家庭的人,我的家庭是我最珍贵的宝物。医生通常都充当倾听者的角色,很少有机会谈及自己。偶尔找人说说话对我们来说也挺放松的。如果您现在是清醒的,我应该不会与您谈论我的生活。我有两个儿子和一个出色的妻子——斯特凡妮,我是在马提尼克遇到她的。莫兰先生,您也有一个非常棒的妻子,就像我的妻子一样。希望您意识到这一点。夫妻之间相互扶持是最重要的,它能帮助家庭挺过狂风暴雨。我与您的儿子讨论了神经学和人类大脑的神奇之处,特别是人类还未知的那些奥秘。他是个非常聪明的孩子。您知道吗,我经手过许多病人,他们中有很多都被疏于关心。家人不愿意照顾,留下他们孤零零地面对疾病。病人如果独自奋斗,通常会康复得比较慢。如果身边有人照顾他,希望他好起来,他会加倍努力更快恢复健康。人体蕴含着自己想不到的力量。可以想象成,身体的器官,比如我研究的大脑,会努力加速自己的恢复。病人当然是为了自己的健康与疾病做斗争,但同时也是为了那些等待他、害怕失去他、希望他活下来的人。好啦,我要回家了。斯特凡妮肯定又会抱怨:我到家已经八点多了,我们没有充足的时间相处,她不能准备完美的晚餐,因为我总是晚到家……她是正音科医生。除了家庭和事业外，她最热爱的事就是下厨。她不喜欢急匆匆地准备家常小菜，像沙拉和煎蛋。她收集了各式各样的食谱，但很少有机会实践。我跟她承诺，等我退休了，她可以天天变着法子给我准备美味佳肴……当然了，退休不是一天两天的事，她也不知道要等到什么时候。每次她问到这个问题，我就含糊其词，糊弄过去。好啦，晚安，莫兰先生。"

"莫兰先生，您也有一个非常棒的妻子，就像我的妻子一样。希望您意识到这一点。"

这句话在阿尔诺脑海中不停地盘旋。不过，他过去并没有意识到。他怪自己这么后知后觉。

伊莲娜 VI

香奈儿香水雅致柔美的香味宣告着伊莲娜的到来。他一直记不清这款香水的名字——因为礼物都是由他的秘书负责采购的。他忽然想起，自从事故发生之后伊莲娜就没有喷过香水。看来伊莲娜的状态现在有所好转，当然，他也是。他不在乎自己患上的病叫 Bicker 什么还是格林什么的，虽然博利厄医生解释得很清楚。他只在乎一件事：他会在不久后醒来，恢复全部或大部分知觉和能力。当然，他还需要等待，耐心必不可少。曾经，阿尔诺的词典中没有"耐心"一词。他总是想跟时间赛跑，总是嫌事情做得不够快。现在时间狠狠地报复了一番，深刻地给他上了一堂课，宣告自己是不可战胜的，它不属于理会缺乏耐心的人类。时间是支配者。人类大可以躁动不安，试图挤压时间，但最后会发现这是徒劳。时间定下了不可违背的法则。阿尔诺得承认，在经历过最初几天的激动和愤怒后，他慢慢接受甚至开始享受每分每秒的缓慢流逝，还有世界的沉默——特别是他自己不得已的沉默。阿尔诺逐渐意识到自己从来不会倾听他人。跟别人对话时，他一心想着自己接下来要说什么，怎样去说服、去劝阻，在对方脑中植入自己的观点，不管对方原本怎么想。一个星期以来，没有人给过他发言的机会。不是因为他们专横霸道，也不是因为他们不考虑他的感受，只是因为阿尔诺没有能力吐出任何字词。所有人都以为他的灵魂游移在混沌的宇宙中，介于生与死之间，一个无声之处。这种被迫的沉默一开始的确宛如酷刑。他不得不倾听那些一直以来不愿意听到的东西。他表达愤怒、惊慌或悲伤的手段仅限于皮肤反应或打嗝，他不能像往常一样激烈地表达情绪，传达自己的观点多么有道理，用疲劳战术强迫对方就范。

"……我把花园好好打点了一番，扔掉了许多破旧的东西。你知道我有这个毛病，总是舍不得丢东西，还因此老惹你生气。每次我都把破旧的衣物整理出来准备丢掉，最后又改变主意收了回去。这一次，是真正的断舍离……断舍离，多么恰当的词。你不知道我现在感觉多么轻松。和博利厄医生对话后我睡了特别安稳的一觉。今天早上醒来时，许久以来一直压在我肩上的重担消失了。阿尔诺，你能挺过这一关，我真的很高兴，你想象不到我有多高兴……等你从昏迷中醒来，恢复健康以后，我会提出离婚。"

阿尔诺正徜徉在自己的思绪中。他听懂了吗？和往常一样，他听伊莲娜的话总是一只耳朵进，另一只耳朵出，永远心不在焉。

"什么？"

"没错，没错，她提出离婚！"战斗区域这个瘟神又开始大声嚷嚷。

伊莲娜继续诉说，阿尔诺突然间不太相信这个略带欢快的声音来自自己的妻子："你知道吗，我必须要跟你坦白上星期三你离开家后发生了什么。你不相信命运，也不相信神，不是吗？你确信自己是人生唯一的掌控者。但是我一直质疑我自己，越来越严重地质疑。所以，我决定结束这一切，结束我的生命。简言之，我想自杀。我把所有可以帮助我实现愿望的药片都翻了出来，一行行摆在厨房的餐桌上。我准备了一瓶威士忌，开始用酒吞咽药片。"

她的话如同冰冷的海浪迎面扑打过来，将他瞬间冻结成冰。伊莲娜想死？她想自行了断，永远地离开他？

"不，不……你不会的，伊莲娜，别这样！"

"然后，我突然想起自己忘了喂鸟，天气那么冷，它们很可能被饿死……你们是不会去照料这些鸟的。我没办法抛弃它们。于是我走出家门，来到院子里，穿着室内穿的薄浴袍。那天真是冷得刺骨。我在地上撒满谷粒，又装满了两个饲料槽。因为之前服用了几片药，我开始感到昏昏沉沉的。这时……天使出现了。天使可以化身为蓝山雀降临于世吗？还是威士忌迷醉了我的脑袋？它落在了离我半米远的栏杆上，左右晃动着脑袋，发出'唧唧'的询问声。它很可爱，头顶是蓝色的，脸上像戴着一副小面具，眼睛周围就像用眼线笔画出了长长的眼线，身体是黄绿色的……"

"你是不是没吃饭？喝多了？或是吃多了药？"

伊莲娜扑哧笑了一声，接着说："它们放肆得可爱极了！你知道吗，有时候，它们会飞到厨房的窗外，用嘴敲打窗户。它们是想表达：'嘿，还不给我们喂东西吃吗？'这些惹人喜欢的小东西还很英勇，或者说很好战。它们可以赶走体积比自己大十倍的喜鹊。我在谷歌上查过，它们的拉丁名叫 Cyanistes caeruleus。这不重要。总之，我当时冷得瑟瑟发抖，清楚地听到它在向我提问：'唧？唧？'也许是药物和酒精共同作用的结果吧……听起来很傻……但我很肯定，它在说我的行为很愚蠢……"

阿尔诺试图让自己从惊慌与困惑中平静下来。什么？伊莲娜要自杀？这不可能！

"当然了，伊莲娜，那只鹦鹉还是什么鸟来着……它说得有道理。我……我不是想责备你，但你怎么会做出这么愚蠢的决定……你的生活很顺心，不是吗？"

"它目不转睛地盯着我。那时我才发现蓝山雀的眼睛几乎是全黑的。'唧，唧……'它对我讲：'听我说。你知道吗，我们为了在冬天活下来，不懈努力。如果你不在了，我们也活不下去。我要直言不讳地问你，在你眼中自杀是最简单的出路吗？这其实是最差的选择……'"

一个聪明的女人和一只山雀对话，这对于阿尔诺而言是完全超现实的画面。但伊莲娜也说，她那时状态不太正常。重要的是，她的潜意识借由一只等待喂食的小鸟之口阻止了她寻死的行为。

"没错，它说得有道理，那只……什么鸟。"

"'唧唧，唧唧。'它在说：'伊莲娜，我们来理一理。你受够了，你无法再忍受这无聊至极的生活，把你当成晾衣架或电熨斗的丈夫，视你为无物的孩子。我理解你。你现在 44 岁，未来的日子还长着呢，浪费掉多可惜呀！你本来就荒废了不少岁月。再想想你的孩子们。他们现在过得很顺心，如果你不在了，他们会变成什么样？他们会怨你一辈子，而且他们的怨恨不无道理。有一点我们都很明白：你的丈夫把你当作空气。'唧，唧'：人类发明了一个解决问题的简单方式，叫作离婚。'唧唧，唧唧'：伊莲娜，你的自杀行为不一定能成功。好好想想，求你了。家里的那些药没有致命性。那会发生什么呢？你可能会大脑缺氧，然后被人发现，被送进医院，变成植物人度过余生。仔细想想，伊莲娜！想清楚！阿尔诺肯定不会亲自照顾你。他会付钱把你送进最好的护理机构，以表现自己尽了最大的努力，是个好丈夫。你的大脑会部分损伤，然后你会被困在病床上，在焦灼中度过一年又一年，最后孤单地迎来死亡。'"

"不……我从没有把你看作晾衣架。不对！这都是什么胡思乱想？我永远不会把你孤零零地留在医疗机构……"

战斗区域打断了他："你想要说服谁？我还是你自己？如果是我，那么我宣布你说服失败。你的确把她视作家具，而且是那种随时可以丢弃的家具。至于后面那些，诚实一点儿吧：你确实会那样做。也许每逢圣诞节或者她的生日，你会去探望……如果你记得住日子的话。好了，别说了。我要听她讲后面的故事。"

病房再次响起一声轻笑，随之荡漾起香奈儿香水雅致的气息，正如伊莲娜其人。伊莲娜太过端庄、太过正直、太过优雅、太过无瑕。为什么他用这种列举缺点的方式来陈述伊莲娜的优点呢？难道他更愿意娶一个粗俗无礼、不懂得教育孩子、背着他搞外遇、让他在人前蒙羞的妻子？奇怪，这讽刺的评论居然不是出自战斗区域之口。

"阿尔诺，你肯定会怀疑我在编故事。但那只蓝山雀真的就在那儿，看着我的眼睛'唧唧'地说个不停。我在迷糊之中将自己的想法借它之口说了出来。我对自己说，在这世上真正需要我的可能就只有这只小山雀了。很可悲，不是吗？一只山雀挽救了我的生命。我摇摇晃晃地回到了屋里。自从你遭遇车祸以后，我就坚定了自己的想法，等你恢复健康，我就要求离婚。你很快就会康复，离婚的日子就快到了。我不需要钱，我不在乎。我不要求任何东西，只想重新为自己而活，取悦我自己。我不愿再忍受被人厌弃、被人轻视……说得直白一点儿，这么多年来我忠心耿耿的付出至少能换取这唯一的权利。我不能再迷失自我，走到自我毁灭的境地。我本不是这样的人，是你影响了我。以后再也不会了！另外，你常年在外面跟别的女人鬼混，我在两年前甚至更早的时候就发现了。只有你和孩子们以为我被蒙在鼓里。"

"伊莲娜……我们需要谈谈……是我搞砸了……我最近才明白一些事，不，很多事。我会告诉你玛戈给我扇了一记多么响的耳光。我再也不会像从前那样了，我很肯定，我向你保证。最近有太多事情，太多变化。到头来，这场车祸也许是上天的恩赐，是我最后的机会：变成一个善良、亲切、懂得尊重他人的人。我爱你。在我内心深处，我唯一爱的只有你。真的。我以前误认为西娅是我一生最爱的女人。我那时还年轻，多愁善感，浪漫多情。我等了许多许多年，等她重新出现，回到我的身边。我真是迷了心智，因为我很明白，经过这么多年，我和她再也找不回任何感情或默契。你知道的，这不过是年少时不懂世事的激情。许多年后，这份记忆越来越遥远，只留下最基本的念想——永恒的初恋。这是人生中难以抹去的回忆，仅此而已。我们需要好好谈谈。"

"我发现你的背叛，是因为泽维尔的一句话引起了我的怀疑。他根本没意识到自己说漏了嘴。我想，这就是你们男人之间互相掩护的默契？"

"这个垃圾！他很清楚自己说了什么。他肯定花了不少功夫才设计出这么一句引人怀疑的话。"

阿尔诺的愤恨没有持续多久，因为他现在拿这个混账毫无办法。等他身体恢复了，再好好算这笔账，跟他做个了结。比这更重要的是解决伊莲娜和玛戈的问题。他惊讶地意识到，伊莲娜说得没错，她在他眼中早已变成一件家具、一只没有灵魂的花瓶。孩子们也一样。

"阿尔诺，你怎么会如此不懂得给他人带来幸福呢？这种态度从何而来？人生在你眼中就是赢、赢、赢，如果哪天输了，之前得到的都会消失不见？你永远不满足于当前的成功，总是想获得更多，就像沉迷于毒品一样。你追逐一个又一个新的目标，一旦得手后就觉得索然无味。女人、孩子、朋友、车子、游轮，都一样。我要结束这一切。我想好好生活，想拥有热爱生活的权利。你不热爱生活，你不爱任何人，甚至不爱你自己。我不确定你是否真的爱你的妈妈。你之所以坚信自己对她的爱，是因为她永远宣称你是对的。你只爱征服的感觉。我没有轻视的意思，只是从心底同情你。你可以按照自己的方式继续生活，但我要翻开新的一页。我要享受人生中小小的幸福。我不需要大房子和海滨度假公寓，不需要去地球另一端的四星级酒店度假，不需要请人做家务。我想要生活！我想爱自己更多一点儿。我想……找回对自己的尊重。"

"嗬，你真是输得一败涂地，这也是你应得的。"战斗区域得意扬扬地说。

"闭嘴！唉……我做人真的有这么失败吗？"

"只有你自己能回答这个问题。"

"你一定会嘲笑我，但我不在乎。你知道吗，当我自我厌弃到想要了断自己的生命时，一只山雀阻止了我……之后我在乎的事情就彻底变了。之前曾经那么在意的东西变得毫无价值。我重新认识到人生的本质，以及长久以来一直被我遗忘的生活的魅力。我这两天注册了熟食加工与外卖厨师执照的培训课程，主要是在家里自学，当然，之后要去实习。培训机构会给我发送相关资料。我很开心。我喜欢下厨，特别是为那些懂得欣赏我努力的人下厨。我需要行动起来，为自己的人生做决定。好了，我要走了。我依然爱你……但是我不想再与你共度余生，我不想再让你来决定我的一举一动。雨果下午会来看你，他今天没有课。"

"伊莲娜，等等……别带着这样的想法离开。我爱你。我向你保证，虽然我刚刚意识到自己多么爱你。伊莲娜……"

高跟鞋的响声逐渐向门的方向靠近。她的声音再度响起："啊，对了，我的父母不会过来。我昨天已经告诉他们关于你的

好消息，当然也告诉了你的母亲，她现在还住在家里。我的父母
对你的母亲没什么好感……对你也是。以后恐怕也没有机会改善
了，因为再过些日子，我不得不告诉他们……你让我感到不幸，
非常不幸。我不会提及自己企图自杀这件事，否则他们会精神崩
溃。你知道吗……我现在很轻松，表面上很颓废，但精神是放松
的。跟你说出这一切真是太难了。如果你不是处于昏迷之中，我
大概说不出口。我想，说完这一遍，之后再跟你重复，可能会稍
微没有那么艰难。我会尽我所能帮助你，等到你完全康复再离
开你。"

雨　果

　　脸颊上的一个吻将他从"安眠之地"拉到了现实。这个难以定义的脑中一隅是他"睡觉"的地方，当他独处或者对来访者的阅读或诉说兴趣寥寥时，精神就会来到此处。他很确定他的母亲每天都来看望自己，但他只记得其中一次来访。对伊莲娜也是：她可能已经把《环游世界八十天》读完了，但他几乎漏掉了其中的大部分章节。这一点太棒了，佩利亚·福格的故事还是留给 10 到 14 岁的小孩吧。两个孩子应该跟他们的妈妈或奶奶一起来过，但阿尔诺记得的只有玛戈那冰冷入骨的坦白。至于护工们在他身边的叽叽喳喳，他一点儿都没过脑子——自从博利厄医生宣布他很快会醒来之后。在那之前，他会严密监听护工们的一字一句，观察有没有人说出"可怜虫，他要死了"或是"他下半辈子都是植物人了"。

是谁来选择何时清醒、何时稍微集中注意力、何时全神贯注、何时休眠呢？是战斗区域还是他自己？

"我们是同一个人、同一个大脑。"战斗区域立刻用挖苦的语气回应。

"伊莲娜差点儿就自杀了……我……我……"

"你什么？伊莲娜如此不幸福，你却完全没发现，你呀，眼里都是……脏话就不说了，你懂。阿尔诺，你已经 48 岁了。你不能再像少年一样做人处事。你的行为和你常常谴责的儿子没有太大区别。他只有 19 岁，情有可原，你不一样。听我说，这也许是你人生中第一次专心听别人讲话。我有预感，接下来要听到的东西会很有趣，所以我把你唤醒了。我保证你不会睡着。"

"我是不是又有被打一顿的危险？"

"有可能。你不了解雨果，我也不了解他。"

"没这回事……我当然了解我的儿子……"

"哈哈！"

"哈罗，爸爸。玛戈刚刚开车送我过来了。我跟她说，我想与你单独待一会儿。她说……她向你坦白了堕胎的事。你知道吗，她被这件事伤得很重。她不知道自己的选择是否正确……我没办法为她做什么，只能反复说，她是我的姐姐，我爱她。我不知道这件事对女人来说意味着什么，特别是对玛戈来说。唉，每个人面临的情况都不一样吧。她给自己施加了太多压力，需要通过倾诉释放出来，而我是她唯一信任的人。现在家里乱成了一团：奶奶赖着不肯走，把我们都弄得神经紧张……"

"谁给你胆子这样讽刺我的母亲！玛戈，我的宝贝，如果你能知道我有多抱歉就好了。啊，真奇怪，表达歉意和同情的言语为什么听起来都这么空洞、无力：我很遗憾；对不起；我很抱歉；我向您致以哀思；太悲惨了；这不公平；这真是灾难；太可怕了；太绝望了……人生的苦难、对死亡的无奈、内心的悔恨与折磨，描述这些的本该是感情浓烈的辞藻，为什么都变得平淡无味？人们为丢失车钥匙这样的'人生灾难'表示'非常遗憾'；对邻居家讨人厌的老家伙的去世'致以最深切的哀思'；那在面临真正的厄运、恐惧与伤悲时，能用什么词来表达内心真切的痛苦呢？还有什么词是独一无二、不可替换的？我找不到。词汇的匮乏让我感到沮丧。"

"阿尔诺，说出这些话的是你吗？"战斗区域用惊讶的口吻问道。

"嗯……我也和你一样惊讶。"

"……自从听到你会康复这个好消息，大家都松了一口气。嗯……至少烦恼得到了一定程度的缓解。你很快又会回到从前那个样子。唉，至于是什么样子我就不说了。"

"不。不会的！"

"我有许多话想跟你说。因为只有趁现在这个机会，你才不会堵住我的嘴，宣称自己更有道理。现在我的脑袋里乱七八糟的。好……就从最基本的事开始说吧：我爱你，爸爸。"

泪水滑落。或者更准确地说，是泪水滑落的感觉在阿尔诺的脑中上演。多年来，他一直以为儿子讨厌自己、轻视自己。现在这句出乎意料的告白让他深深动容。

"你知道吗？最可怕的地方在于，我们每个人都爱你，或者至少曾经爱过你，但你让这份爱变得艰难，甚至痛苦。当然你的母亲例外。你对我百般刁难，你恶劣地对待妈妈和身边所有人。你并不是恶意伤人，但你察觉不到身边人的感受，你总认为自己掌握着真理，拒绝与他人讨论。说直接点儿，你是个傲慢的老顽固。我不想像你这样，一点儿都不想。我多希望你能改变啊，但这是痴心妄想：你生来如此，本性难移。"

"不，不。我会改的。我已经在改了。我……哎，我们之后再一起讨论这件事……"

"至于我，我承认自己一直在演戏，故意装成一个愤世嫉俗的愣头青来惹你生气，破坏你的心情。因为我不想任由你控制。妈的……我怎么变成了这种蠢蛋……都是拜你所赐！记得吗，父亲节的时候我送给你的礼物是大麻烟卷。不，我不抽这种东西……之前和朋友尝试过两次，但我一点儿也不享受，只能说每个人的喜好都不一样。但我知道，你收到这份礼物会暴跳如雷，我就是想气气你。还有，中学会考我是故意考砸的，我交了白卷。孩子气，真是太孩子气了。你说得没错：我是个智力低下、不聪明的孩子。"

"我说这话时没有恶意，我保证。我当时太生气，才对你恶语相向。"

"现在我不会这么做了。我没兴趣再扮演一个反抗父亲的叛逆少年，寻找一切机会成为你的眼中钉、肉中刺，多愚蠢啊，不是吗？这毫无价值。我和你的主治医生帕斯卡尔·博利厄进行了一场讨论，他说的话很吸引人。他对研究人类大脑充满热情。这门学问让他如痴如醉，日思夜想。他有两个比我年长的儿子。其中一个想要成为弦乐器制造师……我也不太懂这是什么职业。另一个刚从医学院毕业。他很爱儿子，总是尽全力支持他们。我和他聊到了大脑和神经科学。他说，近年来虽然取得了一些进步，但人类在脑部研究领域依然存在大量空白。我提出了人工智能这个话题，想知道他对此有什么看法。他是这么总结的：'目前，我对人工智能抱有许多怀疑。我们没有能力复制人类大脑，因为现在缺少的数据实在太多，我们无法充分理解大脑的运作机制。大脑的运作牵涉太多错综复杂的因素，有先天的、后天的，有知识，有情感，有直觉。再加上大脑内部的生物化学反应，以及大脑与外界环境的互动：这是一个先有鸡还是先有蛋的论题……当然了，现在已经存在不少人工智能的运用，但限定在特定的领域，如银行、金融、军队等。人类对于人工智能系统是缺乏信任的。它们能够学习，自我改善，与其他设备相互连接，交换信息。那么不排除有一天，它们会觉得人类太碍事。这不是科幻小说对于世界末日的想象，而是可能会发生的场景。所以谷歌预备了红色按键，用于在人类遭受威胁时紧急终止人工智能系统。'"

一直以来，阿尔诺都认为自己的儿子脑袋空空，毫无思想。如今，雨果表现出来的成熟让他目瞪口呆。

"他真的非常有魅力。我们聊了很久……一直到他工作迟到。他对我说：'雨果，我热爱我的职业……但是如果我可以重新选择，我会专注于研究。在这个领域有太多让人着迷的东西值得探索……在亿万个神经元中，你找寻着问题的答案：是什么构成了人类？'"

"阿尔诺，为什么你从来不跟你的儿子聊这种宏观的话题？因为你没有足够的知识储备，还是你不屑跟小孩子探讨？"

烦人精又来了！他被雨果的话吸引了注意力，不打算回复战斗区域的挑衅。

"于是，我做出了决定，我要高分通过会考，进大学研究神经科学。我想要在亿万个神经元中找寻问题的答案。接下来我要下狠功夫了，因为目前我的学习成绩并不领先——这是很委婉的说法，你懂的。还好，离会考还有一段时间。我不会再跟你针锋相对，我没有这个时间和精力。如果你来找我碴儿，我会躲开的。"

一个轻轻的吻落在他的脸颊上。

"好了，爸爸，玛戈肯定等得不耐烦了。她在医院门口的饮料售货机前等我。加油恢复身体，好吗？我们爱你。"

"我觉得，这小伙子真棒，不愧是我儿子。"战斗区域得意扬扬地夸耀道。

"雨果不是你的儿子，是我的儿子。"

"我要跟你重复多少次你才懂。笨，真笨，傻帽。我就是你！"

晚　餐

两个小时前利利亚纳从医院回到了家里。她不断重复着刚才在医院跟阿尔诺说的话，以及她可爱的儿子可能会做出的回答——如果他醒着的话。伊莲娜一边准备晚餐，一边做出模糊的评论："是吧。""的确。""这是肯定的……"她其实压根没听进去婆婆的唠叨。她怕回答"是"或"不是"会露馅儿，让对方发现自己在敷衍。热纳维耶芙刚刚打电话过来，说她星期五早上到。

晚餐的气氛放松得让人吃惊，即使有利利亚纳这个铁娘子存在。玛戈和雨果看起来很开心，这在最近还是头一次。

"所以，你们跟爸爸说了些什么？"伊莲娜问。

两个孩子刻意没有提及去病房的只有雨果一人。

"杂七杂八的琐事——学校的情况、糟糕的天气、没完没了的雨雪。"雨果用夸张的语气回答。

"我们每天都过得很平常，妈妈。没有做什么特别的事，只是在重复日常。"玛戈补充道。

"无论跟他说些什么都是好的。"利利亚纳充满信心地说。

伊莲娜觉得孩子们在撒谎。为什么呢？多年来，女儿为自己蒙上了厚厚的面纱，让人看不透自己真实的面孔。现在这层纱变得没那么厚了，甚至薄透到一览无余。伊莲娜仿佛找回了那个童年的玛戈，内向、含蓄，但恬静、幸福。雨果看起来有种奇怪的平和。两个孩子对利利亚纳的态度甚至都发生了变化。对比从前默默地用神态表达"你烦死我们了"，现在他们依旧沉默，但态度变成了"奶奶还是这么爱挑事儿，无所谓，就这样吧"。两个孩子之间的默契似乎比以前更好了。他们一直相处得很融洽，常常结成反抗大人的联盟：雨果一心描绘自己的作战蓝图，玛戈则消极抵抗，逃避问题。自从他们俩开始探望阿尔诺，他们身上就发生了一些变化，这一切都被观察细致的母亲看在眼里。

伊莲娜觉得，他们谈话的内容肯定不会是天气汇报这么简单，这说不通。但她不会在婆婆面前提出这个疑问，想必两个孩子也不会老实作答。一个念头突然闪过她的脑海：自从她跟阿尔诺坦白了自己心底的秘密，她就放松了许多。虽然过程很艰难，但她就像卸下了一个难以继续背负的重担。

她的思考被利利亚纳突然的发言所打断："我们需要准备接

他回家。"

伊莲娜本想反驳说可以等到他醒来再做打算，这时雨果抢在了前面发言："好主意，奶奶。你写个单子，列出要准备什么，我们再讨论谁负责哪一部分。"

伊莲娜盯着她的儿子，试图找到他神情中的嘲讽，但并没有发现。看来他是认真的。看到可爱的孙子赞成自己的意见，利利亚纳露出心满意足的表情。

两个孩子站起身，亲吻了妈妈和奶奶的脸颊，说："我们上楼了。最近学习任务很重。"

这是本学期雨果第一次真正因为学习而急于回房间。

"他真可爱。天哪，他跟我儿子年轻时一模一样。"

伊莲娜露出一个表达同意的微笑。反正，指出她对孙子和孙女的态度截然不同也没用。伊莲娜站起身，开始清理餐桌。没有多加思考，她提起了自己的决定："我打算考一个职业执照。"

"职业执照？你有高校毕业的文凭，不是吗？"

"现代文学的文凭在职场上用处不大。当然，在一般人眼里，这比熟食加工与外卖厨师执照更上得了台面。"

"什么？"她的婆婆惊呼道，"你疯了吗？伊莲娜，这可不行！不，我儿子不可能娶一个熟食加工师！"

"那您的儿子就可以娶一个无所事事的女人？"

"你不是无所事事。你在瞎说什么！你的工作是相夫教子、照料家庭。当一家之主繁忙工作时，做一个成功的贤内助是非常体面和恰当的工作。"

"孩子们已经长大成人。家里请了做家务的女工和定时来修剪花园的园丁。我的丈夫……已经不再需要我。也就是说，我在家里找不到有意义的事情做，只有购买食材和下厨能让我消磨时光。所以，我想将此发展成我的职业。"

"你不能这么做！"利利亚纳的怒火喷薄而出，"我反对。你应该考虑到这件事对我儿子的影响！阿尔诺的客户、同僚、竞争对手还有邻居会怎么想？你根本不爱他，不然你不会想出这么愚蠢、不得体的计划！"她用食指比画着，大声斥责伊莲娜。

伊莲娜将身体支在宽大的橡木餐桌边缘，盯着对面的女人。微微晒黑的皮肤，细细的皱纹，这张平素优雅的面孔因为愤怒而紧缩。为了隐藏白发，利利亚纳将头发染成了跟阿尔诺和雨果一样的自然棕色。她是多么想向众人展示自己跟钟爱的两位男子的亲缘关系啊。她薄薄的嘴唇形成一条苦情的曲线。她怒火中烧，如同一团燃烧着的火焰，套着一身漂亮的海蓝色西服套装。她的婆婆不是那种允许自己在家穿睡衣邋遢度日的人。天啊，现在要是有人突然登门拜访会如何？他一定会被眼前的画面吓破胆，害怕被卷入战场。

伊莲娜自己都没想到，她能用如此平静而坚定的语气回答："利利亚纳，过去二十多年来我一直把阿尔诺当作生活的中心：

他的需求，他的愿望，他的爱好，他的事业，他的健康，他的一切。至于刚刚您那句指责，我认为事实正好相反，问题正出在我对他倾注了太多的爱而不够爱我自己。这一次，我不会再任由你们母子俩摆布，我要自己做选择。讨论结束。我已经做出决定，不会再改变。晚安，利利亚纳。请不要忘记等会儿把大门上好锁。"

她走上楼，感到一身轻松，仿佛卸下了肩上另一副重担。上到二楼走廊时，她用欢快的语调喊道："好好用功，然后睡个好觉。我爱你们，晚安！"

"我们也爱你，晚安。"两个孩子齐声回答。

在他们年幼时，她每天会从不同的房间开始巡视，道晚安。那时的生活闪耀着幸福的光芒。

埃莉兹

整个早餐过程中，利利亚纳都闭口不言。她喝着茶，咽下涂着原味酸奶的吐司。最后冷冰冰地说："我去医院看我儿子。你忙你自己的事儿吧，伊莲娜。明天早上我会去机场接热纳维耶芙！"

丰田汽车的引擎发出启动的轰鸣声，片刻后扬长而去。伊莲娜之前一直开这辆丰田车，因为她觉得宝马车过于奢华、显眼。她更偏爱红色的车，但阿尔诺驳回了她的选择："太鲜艳了！你怎么不选黄绿色呢，像个开心果似的！"所以，最后他们选择了低调的灰色，如同冬日早餐一样的灰色，如同生活一般晦暗的灰色。

"她看起来在赌气，是吗？"玛戈问。

"嗯……昨天晚上我们闹了点儿不愉快。"

"为什么？"雨果好奇地问。

"嗯……其实我正打算跟你们说这件事……我不知道昨天晚餐后为什么会脱口而出……也许我在潜意识里想故意气气她吧。"

"气气她也好。"儿子笑着说，"这种事情我最拿手了。当然了，也不能做得太过分。我最近才明白这个道理。"

伊莲娜突然觉得站在自己面前的是个成熟的男人，而不再是那个叛逆的少年。最近他是不是遇到了什么事？她得找个机会问问。

"我跟她说，我要考熟食加工和外卖厨师执照。"

玛戈的眼睛睁得溜圆，张着嘴惊讶地望着母亲。雨果求证道："呃……你想自己做肉肠、猪血肠、火腿，开一家熟食店什么的？这主意挺好的，我不反对。"

"不，我更感兴趣的是做外卖厨师。我很确定自己喜欢下厨……你们都长大了，很快会独立出去，拥有自己的生活，而我会感到孤单。我不是在谴责你们，完全不是。这是生活的自然发展轨迹……玛戈现在很注意身材，吃东西很挑，而你们的父亲完全不在乎吃什么。即使我每天晚上买麦当劳的薯条给他吃，他也不会有什么怨言。所以，我想把工作和爱好相结合，做些我喜欢的事，把它变成我的职业。"

短暂的沉默后，玛戈感叹道："太棒了，妈妈。我帮你构思商业计划！"

"这想法真的很酷。你可以准备一些不太贵的外卖食品，那些吃腻了食堂餐的学生肯定会喜欢。我会帮你疯狂打广告！"雨果许下承诺。

他们围绕这个话题谈论了几分钟，穿插着玩笑话、荒诞的提议和认真的建议。之后，孩子们相继出门去上学了。伊莲娜心中洋溢着幸福，她从孩子们的眼神中看到了欣赏。她从未怀疑过孩子们深爱着她。但就在刚刚他们才发现母亲坚持自己的爱好、勇于踏上战场的那一面，即使这只是个不值得害怕的小战场。从此，她将为自己的未来做决定。也许当她说出离婚的打算时，孩子们会有更激烈的反应，但她不认为他们会反对。玛戈和雨果早就察觉到她过得不开心。岁月蹉跎，她不愿再浪费余下的光阴。

她哼着小调，将碗碟放入洗碗机。在她脑中划过一个个关于菜单的创意。雨果说得对，她应该准备些可口的小吃，专门针对胃口好又囊中羞涩的学生，然后为企业白领设计一些相对高端的融合菜式。一股奇特的力量从她身体中涌现，这是她许久未有的体验。

当她准备进浴室冲个澡时，手机铃声响了。

"喂？"

"……"

电话那边传来断断续续的轻微噪音，像是艰难的喘气声。

"喂？"

"……"

她正准备将电话挂断，对面终于传来能够辨认的声音。

"我是埃莉兹。"

"你听起来状态不太好。感冒了吗？"

埃莉兹·勒克莱尔是伊莲娜为数不多的朋友之一，是她多年前在普拉提课上结识并唯一保持联系的同伴。她们时不时会见个面，比如在朗布叶一起吃晚餐。虽然说不上是掏心掏肺的挚友（伊莲娜现在已经没有这样的朋友了），但她们彼此欣赏，互相信任。

"不是的。我从昨天晚上哭到了现在，眼睛肿得像电灯泡。我把埃里克赶出了家门，我要跟他离婚。我发誓我要扒了他的皮！我要报复他！"

"什么？"

"我可以到你家里喝杯咖啡吗？我需要一个可以靠着哭的肩膀。"

"当然可以了，快来吧！"

伊莲娜快速地冲了个澡。埃莉兹是个能干的女人，她开了家小精品店，卖一些精致可爱的蜡烛、手工香皂和定制香水。她虽然外貌平平，但由内至外散发着一种独特的魅力，一下就赢得了伊莲娜的欣赏。她脾气很温和，总是为别人着想。现在她口口声声要扒自己丈夫的皮，实在是让人惊讶。她的丈夫埃里克在一家私人银行担任遗产处理顾问,在伊莲娜看来,他长得尖嘴猴腮的。但是爱情嘛,总是没有道理。

门铃一响,伊莲娜就急忙迎了过去,打算给朋友一个拥抱。埃莉兹却后退闪躲开:"呃,别抱我……我昨天上网查了一个晚上……但有些事情还需要确认。"

"你先进来。我不明白你在说什么。"

埃莉兹坐在了餐桌前,伊莲娜给她端上了一杯咖啡。她不断抽泣,肿胀的眼皮眨个不停。

"其实我更想要一杯威士忌,如果不麻烦的话。"

伊莲娜没有拒绝朋友的请求,即使现在才早上9点。

埃莉兹举起满满的酒杯,大口喝下一半。她低下头开始诉说。

"唉,我会试着向你解释……我的脑袋现在乱得像一锅粥,你得理一理我说的话。我把埃里克赶出去了,我要离婚,并对他提出诉讼。他害得我没有孩子。他的生育能力有问题,又不愿意领养。我提出过使用别人的精子做试管婴儿,但他一直不接受。他觉得自己的破烂基因值得传下去吗?我多么想要一个宝宝呀!我会妥协还不是因为爱他?我真是傻子,大傻子,我讨厌我自己。啊,我恨他,我恨死他了!我爸爸早就看不惯他了。你了解我爸爸……唉,你可能不了解,不过我向你保证,他虽然外表看着随和,但生起气来从不留情面。他已经72岁了,但如果有人敢欺负他的三个宝贝女儿，他会不客气地将他教训一番。他是什么都不怕的那种性格。"

"吃块饼干吧，埃莉兹。空腹喝威士忌会不舒服的。"

"好的，谢谢。"她吃下一块布列塔尼酥饼，然后将酒杯递给伊莲娜，"这杯子需要消毒。不过在此之前，再给我加一次酒吧。"

伊莲娜目瞪口呆地为她倒好了酒。

"等等，我不太懂。你不会是得了瘟疫吧？"

"不，是艾滋病。我昨天晚上拿到检测结果的。"

伊莲娜滑落到自己的椅子上。她满脸不解地盯着朋友。

"不会吧，你……不可能。"

"都是埃里克这个混账惹的祸！他不仅在外面乱搞，还不戴安全套！我要控告他故意损害他人健康，危及他人生命。"

伊莲娜一时之间只能想出一句笨拙的评论："但他……我从来都没觉得他有拈花惹草的资本。"

"对，他长得跟个黄鼠狼似的，而且我能做证，他的床上功夫不怎么样。但是他有许多关于资金的内部消息，有一些女投资人对此垂涎欲滴，毕竟上床比支付佣金划算多了。他身体不舒服有一阵子了。上星期一，我要求一起拜访他的私人医生，他坚决反对的态度引起了我的怀疑。我没有听从他，这才从医生那里得知他感染了艾滋病毒。这个蠢货什么都没告诉我。我做了检测，发现自己也感染了病毒。"

"天啊……亲爱的……啊，真是太倒霉了！"感慨过后，伊莲娜接着说，"等等，我之前看过一篇相关的文章，忘了是在哪儿看到的。唾液不会引起传染。以防万一，只要把你的杯子放进洗碗机 60 摄氏度清洗，就不会有任何残留。说实话，比起艾滋病毒，我会更提防肺结核病毒，因为它对抗生素的耐药性越来越强了。对了，现在治疗艾滋用的是三联疗法，效果非常好，据说经过一段时间的治疗，病毒携带者就不具备传染力了。另外，这个男人实在太卑鄙了！不做安全措施，感染自己的老婆……真是个人渣！"

"是啊。他还毁掉了我生孩子的最后机会。我已经 41 岁了。我本可以去西班牙或比利时通过人工授精生宝宝。现在，我不敢这么做了，我怕感染我的孩子。我发誓，我一定会让埃里克付出代价，为了这件事，也为了他对我的其他亏欠。我要跟他把这笔账算清。"她用手背抹去眼中的泪水，"我们可以继续做朋友吗？因为……我需要有人支持我……值得我信赖的人太少了。"

"你疯了吗？我当然会在你身边。我们又不会上床！我也没兴趣跟女人舌吻，虽然唾液不是传染媒介。也就是说，我没有被你传染的可能性。"

两个人都扑哧一声笑了出来。在带着泪水的笑声中，埃莉兹擤干了鼻涕，又吃下一块酥饼。然后，她说："嗯……我想亲口跟你说的，除了这件事，还有别的。三年前的春天，埃里克邀请我去圣阿尔努－昂伊夫林的一家精品酒店过周末，那是个很棒的度假村。浑蛋，人渣！"她突然忍不住咒骂了两句，"我们当时坐在酒店露台的一个角落，周围种满了茶花。桌上放着柠檬味的香薰蜡烛，灯光昏暗，很适合谈情说爱。很抱歉，伊莲娜……我不能再瞒着你了。一对情侣在我们之后到达了餐厅，没有注意到我们。但我们看得很清楚，是阿尔诺和一个金发女人。一看就知道他们不可能是亲戚关系，很明显，是那种晚餐后要去开房的炮友。他们一直在亲吻和调情，我们在一旁很尴尬……现在回想起来，可能只有我一个人感到尴尬。埃里克想要坐得远一点儿，避免被卷入事端。直到我们起身回房间时，阿尔诺才发现我们在现场。他装作不认识，表情好像在说：'你们看到的不是我，是别人。'我不知道是否应该把这件事告诉你，但埃里克不让我说。他认为夫妻之间的事不需要外人掺和，而且你可能对他的外遇早已心知肚明，我们去说会引起不必要的冲突。现在我明白，他为什么这么'体谅'阿尔诺了。我不知道阿尔诺是不是跟埃里克一样轻佻、不负责任……但……"

伊莲娜凝视着好友。她之前就知道阿尔诺有外遇，但她从没有细想过这件事。她回答道："埃莉兹，谢谢你，真的。谢谢你当时的沉默和现在的坦白。你本可以选择不告诉我你感染了艾滋病毒，但是你想让我做好防备，这份用心很珍贵。另外，我觉得我们之前太过疏远了。我们应该更亲近一些，因为，说实话，我很孤独，我身边已经没有多少朋友了。"

埃莉兹伸出手，伊莲娜接过，双手握住。

"我也是，伊莲娜，孤独到难以想象的程度。"

"我们应该多些时间在一起，我会尽我所能地帮助你。至于阿尔诺，从两年前我就开始怀疑他出轨了。我本可以跟他吵架、哭闹、威胁……或者至少去验证自己的猜想。为什么我什么都没有做？自从他住院以来，对这个问题，我思考了很久。其实，这一切是因为我不够爱我自己。如果说连我都觉得自己不值得被重视，他又怎么会重视我？我不知道这种自卑来源于哪里。我的父母和哥哥都很爱我，给了我许多鼓励和肯定。是我自己脑子出了问题？还是我的婆婆和丈夫将我带入了一个圈套？这一切都结束了。我值得被爱！我值得许多更好的东西。"

"我也想多跟你在一起！"

"埃莉兹，我很感谢你，真的。你现在的状况一定很不容易。我从没想过做这方面的检测。我今天就去检测中心。"

"你可以去药店买检测试纸，只要半个小时就可以看到结果，这样会更……保密。我当时不知道有试纸这种东西，急冲冲地跑去检测中心。那边的人告诉了我这种自我检测的方式。"

"嗯……这样更好，我会告诉你结果的。现在，我们是亲如手足的真心朋友。无论你什么时候需要我，我都会在你身边。"

"我也会在你身边。虽然现在我帮不上多大忙，毕竟我还没从生病的恐慌中走出来。"

"一切都会好的。让那个混账从你生活中消失吧。"

埃莉兹离开后，伊莲娜在 YouTube 上反复地听她最喜欢的歌曲之一，是普林斯的《永远的 O 符号》："在法国，一个瘦骨嶙峋的男子死于一种名字很短的疾病……[1]"

不会的。虽然阿尔诺有很多缺点，但他不会故意将她置于危险之中，更不会让孩子们承受风险。她不相信他会这么做。

下午，在去医院探望过之后，她还是去了药店。她特意避开了平常去的那一个。

奇怪，她没有告诉埃莉兹自己决定跟阿尔诺离婚。为什么呢？她不想再进一步思考这个问题。她不想承认，有些想法一旦说出口，就不再是简单的"想法"，而是有了见证人的艰难事实。

---

[1]　译者注：歌曲的第一句歌词。名字很短的疾病指艾滋病（AIDS）。

爱丽丝

阿尔诺一下子就辨认出了爱丽丝的痕迹——那对他来说略微性感的香气。31 岁的爱丽丝·舍瓦利耶是阿尔诺的现任情人，泽维尔的秘书和前任情人。她独自抚养一个 6 岁的女儿，叫妮侬。爱丽丝身材高挑，一头棕发。她的工作能力很出色，聪明、认真、反应迅速。

"痕迹，是船或人离开后留下的东西，不是到达之前的信号！"战斗区域纠正道。

"可以放过我吗？你又要给我上课？"

"让你多学点儿东西不好吗？"

"嘿，老板。你气色真好。我还以为会看见一个死气沉沉的病人呢。"

他听见了她坐下的声音。她没有亲吻脸颊问候他。

"我想来看你已经很多天了，真的。说实话，自从你出车祸，公司就陷入了混乱。我想要验证一件事，但我自己没有能力，所以找了一位好朋友帮忙……嗯，其实不只是朋友。我接下来要说的事可能没什么条理，但我会尽力说清楚的。我做了一个非常疯狂的梦。我之前跟你说过，有时我的梦很惊人，场面紧张、清晰。"

"我也会做这种梦，在我喝多了的时候。"他开玩笑说。

"在说这个梦之前，我要坦白一些事。"

"啊，不会吧！又要告诉我什么秘密？"

"我挺喜欢你的，阿尔诺。当然，我们之间只不过是成年男女你情我愿的鱼水之欢，没有麻烦，没有暧昧，也不会束缚另一方，顺其自然，该结束时自然会结束。这段关系给了我生理上的满足，给我不太轻松的生活增添了乐趣。"

"啊，所以你完全没有动过心？"

"现在不是探讨这个的时候，傻帽！"

"我觉得你对我们的关系的认识很明确，也没有什么变态的地方……我是说心理上。当然，性方面也没有。在我心中，你是个不错的情人……"

"我当然不是变态，而且我的活儿很棒。"他为自己证言。

"虽然算不上最好的那个……"

"嘿，迎面一击！"战斗区域调侃道。

"……说回两天前我做的梦。我们在一间简陋而阴郁的病房里，跟这里完全不一样。你躺在病床上，戴着呼吸器，插着输液管，旁边是监护器，这跟今天的情况很符合。我正在跟你说话，突然，另一个你出现了，悬浮在距离天花板几十厘米的空中，回应我说的话。医院的人说你什么都听不到也感觉不到。但我怀疑这是不是个反映现实的预知梦，我不知道这个词用得恰不恰当。"

"没错！"阿尔诺叫喊道，"我就在这儿，爱丽丝，我听得到你说话！"

"所以，我决定来看你，告诉你我最近的一个发现。我找了一位精通财务的朋友，让他晚上9点来我们公司，等到大家都下班了，没有人在的时候，帮我调查一件事。我不知道等你醒来后我还有没有勇气再说一次。因为他是个心术不正的人，说谎成性，装出亲切温和的形象，却在背后操纵他人。不瞒你说，自从我对他有了更深的了解，我就很害怕。我觉得他有些精神变态的倾向……可能不只是倾向吧。"

"你在说谁？你的这个朋友吗？"

"她说的是泽维尔，你真迟钝！"战斗区域叫嚷道。

"他篡改了账目中的一项数据，在增值税上做了手脚。我向你保证，假如有人来公司查税，你会深陷其中，因为电脑系统显示的授权人是你。我不知道他是怎么拿到你的密码的，也许是在莎碧娜的床上套了她的话。莎碧娜被他迷得找不着北，即使她像只旧袜子一样被甩在一边。我不想说话这么恶毒，但她确实不是什么聪明人。

"你的秘书莎碧娜背叛了你。老兄，你在职场上犯的错够严重的。

"我注意到这个问题已经有几个星期了，因为增值税项上出现了几笔本不应该存在的贷记金额，数额不大，不容易引起注意。税务部门把这种手段叫作增值税循环骗税法，他们对查到的企业绝不会手软。他们会收取罚金，而你会背上严重骗税的罪名。我又要说到我的那个梦了，因为有些东西很玄妙……"

"无聊了一个星期，确实该来点儿猛料了。"战斗区域讽刺地说，"阿尔诺，你睡着了吗？"

他非常清醒，并且有一种直觉，接下来听到的内容会让人震惊。

"在梦里，你不停地说泽维尔要杀死你，就是字面上的含义——杀死。你不断重复：'帮帮我，爱丽丝，帮帮我。'这真的很疯狂，因为在现实中我的确是在帮你，跟我懂财务的朋友一起。我没有忘记，在妮侬被诊断出患有失用症时，你是怎么帮助我们的。那时候我们两还没有上过床。除了你，没有多少人伸出援手，就连我的父母也很冷漠。我不再旧事重提了。总之，你确定你的车是因为路面结冰而失控的吗？这是个很可怕的猜想、很严重的指控，只是一个梦带来的启发，所以我只说这一次。也许这只是个荒诞的猜想。但我希望梦的前半部分是真的，你可以听见我说的话，多些提防。你知道吗……有好长一段时间了，我怀疑泽维尔是不是喜欢伊莲娜。每次伊莲娜来办公室，他都表现得很积极。从另一方面来说，我很惊讶像他这样自负的人会爱上别人。除非，这一切是因为你：泽维尔想战胜你，证明自己更强大，所以他要把你的老婆抢过去。他要夺走你拥有的一切——妻子、公司。呼……说出来我感觉好多了。否则我的胸口像堵着一块石头。好了，老板，我要走了，还有好多工作等着我呢！阿尔诺……小心你背后的暗箭。你不了解他。"

她在他的脸颊上留下一个表达友情的吻。她的痕迹（这次确实是离开之后的香气）还残留了好几十秒才消散。

"噢，这下可够棘手了！爱丽丝平常也这么神秘主义吗？就是信一些魔法啊、咖啡渣占卜之类的。"

"一点儿都不是。正相反，她是个很实在的人。但她相信自己的直觉。"阿尔诺回答的语气很没精神，让战斗区域不禁担忧起来。

"你还好吗？"

"你在开玩笑吗？泽维尔不只是在心里想要毁掉我，他已经在实施计划了。而且……"

"他想要杀死你——真正的杀死。我们先别这么快下结论，那只是一个梦。但是，站在他的角度上来想，他如果要下手肯定要趁你最虚弱的时候。他应该已经得知你很快会醒过来。他原本幻想把承受丧夫之痛的寡妇揽入自己怀中，现在眼看希望要落空了。""她"总结了一番目前的形势。

"我现在相信你就是我了，虽然我不像你这样尖着嗓子说话。我们的想法是一致的。万一他真的……你确定你能及时发动反射性晕厥吗？"

"对。别忘了，我是你的战斗区域。我们要用当前可利用的所有方式去战斗。目前，我的能力局限于这种晕厥反应，但效果很明显，瞬间就能招来一大队护士。"

"如果……如果爱丽丝的猜想是真的……他是怎么做到的？敲坏制动液罐？拧松轮胎螺丝？那保险公司的调查员应该马上就能发现问题呀。"

"听着，兄弟，我是帮助你活下去的战斗区域，不是机械专家！"

"我没工夫开玩笑！"

"我也没开玩笑。我的警示灯都在闪红光——危险级别最高的红！"

热纳维耶芙

响亮的抽泣声将阿尔诺的意识从"安眠之地"拉了出来。他现在越来越喜欢那个无比宁静的空间，有时甚至想快点儿飘去那里。他只隐约记得有人给他擦了身，不知注射了什么东西，更换了输液管，测量了血压。他不再关注护工们说了些什么，反正那些话也不是说给他听的。他不记得来访的人对他坦白了什么、揭露了什么，甚至连泽维尔的威胁也没有储存在记忆中。他敢打赌，一定是战斗区域故意将他的意识与现实断开，好让他免于长达数小时的担忧、焦虑和徒劳无用的思考。虽然他已经接受"她"是自己的一部分（过去的他一直故意无视的部分），但他宁愿把"她"想象成脑袋里一位享有特权的客人。这样，他会感觉有另一个个体在守护着他。团结就是力量，至少他希望如此。这样的想法可能很孩子气，但他现在的状态又何尝不像一个没有自保能力的婴儿呢?

"噢,亲爱的! 你让我担心死了。苏菲也是,她几乎每天都给我打电话问你的情况。你不知道,当利利亚纳告诉我们诊断结果时,我们是多么如释重负。"

热纳维耶芙小姨是个可爱的人。如果不知情,一般人很难相信阿尔诺的母亲跟她是姐妹。热纳维耶芙身材高大结实,头发是浅棕色的。而利利亚纳比较瘦小,有一头深棕色的头发。小姨很爱笑,喜欢社交和跳舞,性格很随和。利利亚纳比较严肃,更容易与人争吵。也许,她们各自的婚姻经历将她们塑造成了完全不同的人吧。小姨的丈夫在生前虽然是个干练的生意人,但待人亲切宽厚。阿尔诺的父亲则懦弱无能,一事无成。在他自杀前,利利亚纳就已经像个斗牛士一样与生活搏斗了,那时阿尔诺还是个不懂事的小男孩。比阿尔诺小五岁的表妹苏菲像极了她的母亲热纳维耶芙,只是发色更偏金黄,身材更纤细。她现在跟丈夫和几个孩子定居在澳大利亚。阿尔诺很喜欢这个表妹。他们从小就相处得特别好,除了偶尔在分糖果的问题上闹点儿小别扭:阿尔诺觉得自己年长,所以应该分到更多的糖。苏菲虽然是个温和好说话的姑娘,但在这一点上从没妥协过。他们俩都是独生子女,所以相处起来就像亲兄妹一样。当年,听到苏菲要搬去另一片遥远的大陆时,阿尔诺心里特别难受,因为以后要想再聚就难了。他有时会很想念苏菲:她活泼风趣，常常为了一点儿小事开心得不得了。

热纳维耶芙重重地擤了擤鼻子，然后握住了阿尔诺的手。她小心地避开了他手指上的血氧测定仪和手背上固定输液针的胶带。这充满母爱的动作让他心中油然而生一种特殊的感动。他一直觉得利利亚纳不轻易表达自己的爱意。他自己也是，总是尽可能减少感情的流露。伊莲娜有时会抱怨他不够温柔，无论是在性方面还是在日常生活中。他为什么会突然想到这件事？

"因为这件事很重要，非常重要。"战斗区域回应了他的思考。

"根据你之前的声明，你的职责是保证我活下去。怎么现在又开始操心感情问题了？"他不客气地问。

"啊，真烦人！这是一码事，兄弟。在很大程度上，感情和生存是相互联系的。一个人只有去爱人和被爱，才能更好地生存。雨果比你聪明，他已经明白了这一点。感情可以成就人，也可以毁掉人。感情滋养大脑，影响身体里的化学反应，而这些化学反应也会反过来影响感情。简单来说，身体和感情无时无刻不在相互影响，从而塑造出一个人的现在和未来……"

"是利利亚纳送我过来的，她晚点儿会跟我们会合，她要先去理个发。这一安排正合我意。昨天我跟苏菲讨论过了……是的，她也知道那个秘密，我们俩从来不互相隐瞒。她同意我的想法：这件事瞒你瞒得太久了……"

"砰！砰！兄弟，看来我们又要迎接新的爆料了。"

"但是另一方面，我也答应过利利亚纳要守口如瓶。你了解她的，要违背她的意愿可不容易，如果不按她说的做，她会闹个没完没了。坚持己见不是坏事，但太过顽固有时会让人难以接受。"

"没这回事……妈妈不是刚愎自用的人！这么评判她有点儿过了。"

"我劝你专心听你小姨说话。"

"为了解决这个矛盾，我决定趁你昏迷时告诉你真相，这样我的心里会好受一些，同时又不会受到你母亲的谴责。我承认这么做很自私。这件事关于西娅——你难忘的初恋情人。"

阿尔诺感到自己的心跳迅速加快。他慌乱地质问战斗区域："是你引发了这种反应吗？停下！我要听完她的话。现在，赶紧让我的心平静下来。要是监护器响了，医院的人会让我的小姨离开病房的。快停下！"

"我尽力而为，""她"的语气也很慌张，"我的职责是让你避免承受过大的压力而受到损伤，我被设定成如此。"

"这不是过大的压力，只是意料之外的情绪激动。"

"兄弟，这是一回事，你只是不想承认。"

他的心跳逐渐变得平缓。热纳维耶芙继续说："我跟她的接触并不多，但我觉得她很可爱。利利亚纳说，她抛弃了你，选择了别的男人。我感到惊讶和失望，苏菲也很难过，她对你的伤心感同身受。后来过了四五年，利利亚纳收到了一封信，我看到她读完信之后面色变得苍白。在我的反复追问下，她告诉了我信的内容。这封信是西娅的妈妈写的，为了通知你西娅的死讯……她死于一场滑雪事故。西娅的妈妈不知道怎么联系到你，但找到了我们家的地址。也许是在网上查到的，因为我们有卖葡萄酒的网站，苏菲也在脸书上建过庄园的页面。"

"稳住我的心脏，让它保持平静，拜托了！"

"你在为难我。太难了，你悲痛的情绪太过强烈。平静下来。记得吗？你说你已经不再爱她了。你只是为永远的初恋情怀而感伤。平静下来。我没有创造奇迹的本事，如果你的大脑太过痛苦，它会断开你的连接。要是我们现在能够操控身体，事情就简单多了。你可以对着墙狠狠踢上一脚，大口喝酒，高声痛骂或叫喊，或者出去闲逛一小时。有的是愚蠢但有效的方法来转移注意力，缓解伤痛和它带来的不良影响。可惜我们现在不能操控身体，阿尔诺，我只能尽力而为。"

热纳维耶芙有些迟疑地继续述说："说真的，我没弄懂我姐姐的反应。她拒绝讨论这个话题，并决定什么都不告诉你。还是这句话，你了解她。在这种情况下，她就像一堵推不动的墙。"

"为什么妈妈要这么做？我本可以打个电话给西娅的妈妈，表达我的哀思和遗憾……我本可以问她，西娅和她选择的那个男人在一起过得是否快乐。我不知道她有没有孩子。她离过婚吗？

她是否一直在法国？她有没有实现自己在绘画领域的梦想，成就一番事业？我多想知道多一些关于她的事啊。"

"她生气地对我说：'我不允许有人再跟他提起这个姑娘！她背叛了阿尔诺，跟了别的男人。阿尔诺就像可怜的小石子一样被她一脚踢开了。谁都不准提起她，你听懂了吗？！'然后她烧掉了那封信。这一幕清晰得就像发生在昨天。她难以抑制自己的怒火。我想，她一直记恨西娅，怨她离开了你。利利亚纳有她的缺点，但不能否认的是，只要涉及你，她就会变身成母老虎，誓死维护你的一切。伊莲娜能一直忍受她，可以说是个圣人了。对我来说还行，毕竟我们是亲姐妹，最重要的是，我只是她儿子的小姨。"

"无论怎么说……她应该告诉我这件事，让我打个电话。西娅，西娅，愿你安息，我可爱的姑娘。"

"我们爱过的人永远不会完全死去，阿尔诺。我不知道怎么跟你解释，但西娅会让你明白这一点。"

"你相信神、灵魂和某种……死后的永生吗？"

"噢，现在不是讨论神学的时候。我就是你，相对没有信念和恐惧的你。换句话说，你才是我们俩之中需要思考和寻求答案的那一个。应该由你来打开思想的大门，汲取智慧来滋养我。你知道你之前多么封闭和保守吗？当然，我说的不是性方面。说到这儿，我不否认性是令人很愉悦的东西，但无论多么低等的生物都能交媾，蜥蜴也好，蚊子也好。性开放之余，你知道自己的思想多么受限吗？限制不一定是坏事。人们在接受教育以及与他人相处的过程中学会自我限制，建立起心中不可逾越的底线，用以区分能做的事和不能做的事——那些违法、不道德、丑陋的事。这种限制是颇有裨益的。但是，当自我限制破坏了生活品质，阻碍思想幼苗的萌发和生长时，就应该学会摆脱它。打开你思维的枷锁，去探索无数的可能性吧。神学是其中之一，它永远是需要人们深刻思考和探究的主题。还是这句话，现在不是谈论神学的时候。我只是借此机会告诉你，在过去将近五十年里，你让我缺乏养分，虚弱不堪。我需要从思索、提问、知识和智力锻炼中汲取营养。就连你们纸箱开口处的插扣是否可以回收也是我想要获取的知识。"

"你喜欢我吗？还是讨厌我、轻视我？"

"以后再说这个吧，阿尔诺。"

"伊莲娜能一直忍受她，可以说是个圣人了。"热纳维耶芙刚刚是这么说的。

这句话在他脑海中持续回响着。他已经不再爱西娅了。从很久以前开始他就这么想了，或者说至少不再确定自己还爱她。她狠狠地抛弃了他，没有任何解释和道歉。多年之后，西娅已经变成一个遥远的幻想、一个具有象征意义的符号。现在回想起来，这段经历在他心中建立起了一道有害无利的心防，影响了他之后的每一段感情。这个惨重的失败让他的灵魂伤痕累累，从未痊愈。因此，他不再愿意向其他女人交付同样的真心，总是小心翼翼，有所保留。这之后，他再也没有经历过当年那样的疼痛，再也没有体会过心如死灰的感觉。

"嗯嗯嗯……坦白承认吧：你自己都没有意识到，你被她拖累了这么多年。你知道这句美国的谚语吧：没有付出，就没有收获 [1]。你没有珍惜伊莲娜，我为你感到遗憾。"

他用自己都觉得有些悲惨的语气回答："你知道吗，西娅是我人生中的一大劫难。跟她在一起时我还年轻，还相信永恒的爱情。确实，她对我之后的感情道路产生了一些影响。在她抛弃我时，我以为自己永远都走不出这个阴影。事实上，人总会走出来的，只是过去的伤痕依然残留。于是，人们会警告自己，下一次要更好地保护自己。"

"西娅？真的吗？"

"你想表达什么？"

"就是我刚刚说的，没别的意思。还有些事很快会跟你讨论的，在不久以后。"

"……"

"不要再卖关子了。你想说什么？"

---

[1] 译者注：No pain, no gain.

"……"

"战斗区域，你想表达什么？回答我，这是命令！"

"……"

"妈的，回答我！该死！"

"……"

泽维尔

止汗喷雾的香味，辛辣而具有男人味。泽维尔来了。阿尔诺的大脑紧张地蜷缩起来。

一个放松、愉快的声音响起："嘿，兄弟。听说你快要醒了，一切都将回归正轨？我为你感到高兴。但这不符合我的计划。我本想安慰心碎的伊莲娜，擦去她的泪水，陪她去你的墓前。然后，我会给她准备一杯热茶，守在她的身边。我会邀请她去餐厅，在桌上握住她的手。然后，一步一步地得到她……我跟你说过，我可以有很多很多的耐心。但是现在的情况完全不符合我的期望。"

"他的语气听起来不妙！要出事了！"

"等等，我想听听他说的话，也许能知道他有没有对我的车动过手脚。"

"不行，我要断开我们的连接。注意，警报声要响了。"

"给我两分钟，求你了。"

"不行。他很机灵，诡计多端，篡改增值税数据就是证明。如果他移开呼吸器，把血氧测定仪夹在他自己手上，让外边的人察觉不到异样，那两分钟之后我们就完蛋了。我很敏锐，阿尔诺，你其实也是，只是你自己没有意识到。我不能眼睁睁地看着他实施谋杀。"

"你反应过度了。可能我们是在胡思乱想，就因为一个梦。我以前还做过更可怕的梦呢。"

"也有可能，但我宁可谨慎处理。在这种时候，你没有决定的权利，我才是掌控的那一个。你知道吗，大脑是世上最精妙的机械。我的任务是保护你，即使要与你对着干。好了，我要使出看家本领，引发反射性晕厥了。稳住，要开始了……"

"说真的，这也……"

"落幕。"

肾上腺素急速分泌，他的心跳像坐上直升机一样直冲顶端。他感觉胸前压上了一个巨大的重物，让呼吸变得格外艰难。一片海水来势汹汹地围住他，试图将他淹没。

从遥远的地方传来战斗区域微弱的声音："我知道我在做什么。让自己被海水淹没吧。你不会有危险的，我会守着你。"

一片黑暗。然后，一片虚无。

他再也听不到那尖锐的警报声、护士们匆忙跑来的喧嚣，以及泽维尔在医生勒令之下离开。

伊莲娜 VII

香奈儿。她依然喷着他记不清名字的香奈儿香水。她应该刚刚洗过头，因为香水的味道混合着洗发水的甜杏仁香。

"下午好，阿尔诺……"

很显然，他不再是"亲爱的"或"我的爱人"。

"埃莉兹·勒克莱尔……你知道的，我在普拉提课上认识的朋友……不，你肯定已经忘记她了。关于我的事，你从来不会放在心上。在你眼中，我只会做些无聊而不值一提的事。"

"不是这样的……"

"事实就是如此，阿尔诺。诚实一点儿吧。"战斗区域谴责道。

"简言之，埃莉兹的丈夫背叛了她，在外面拈花惹草，把艾滋病毒传染给了她。他们有一次在圣阿尔努－昂伊夫林的一家旅馆过周末，在晚餐时看见你带着某位情人去度假，以嘉奖她的

'优质服务'。埃莉兹让我当心一点儿，我之前都没想到过这件事。今天早上我去买了检测试纸，结果显示没有感染。不要以为我会感谢你的'小心谨慎'。埃莉兹要跟埃里克离婚，并让他付出代价，我会尽全力支持她。这不是赔钱的问题。我们要让你们知道，我们不是没用的擦鞋垫。"

"我一直都很小心，伊莲娜。我没有撒谎：为了孩子们，为了我，为了你。我是按照这个顺序来考虑的。我从没把你当成擦鞋垫来看待。"

"大骗子！你比这还要过分。擦鞋时不注意可能会绊到，所以，你关注擦鞋垫可比关注她多那么一点儿。"

"我没有要报复你的意思，真的没有。但是这是我人生中第一次想为自己追寻幸福。如果我早一点儿有这种心态，也许我们也不会走到今天这个地步，总之我们俩都有错。我不能在这儿耽搁太久，我……要打一个重要的电话。我要使出强硬的手段了，为了玛戈和雨果，我不能手下留情。我不允许有人威胁到我孩子们的未来。我做得出坏事吗？我想，我可以。"

"什么？你在说谁？你要做什么？"他追问着，但只听到她走后房门关上的声音。

爱丽丝、莎碧娜和伊莲娜

星期五晚上，纸箱公司

朗布叶与塞尔奈拉维尔

　　伊莲娜告诉家人自己要给朋友打一个紧急电话，然后回到了房间。她说的确实不是假话。铃响了两声后，爱丽丝，泽维尔的秘书，接起了电话。

　　"和我们计划的一样，泽维尔今天早早下班了，他最近工作很懒散。猫走了，老鼠可以出来跳舞了。肇事者等会儿就会过来，我已经安排好了。你准备好了吗，伊莲娜？她十分钟之内会到我的办公室。"

　　"是的。呃……爱丽丝，昨天接完你的电话我都没有时间感谢你。做出这样的决定很需要勇气。你是阿尔诺现在的情人，不是吗？"

　　"是的。但这对我来说不是什么重要的关系，对他来说更不是。我们之间没有感情，只是满足彼此的生理需求。"

"对我来说很重要，或者说，曾经很重要。"

"我明白。我可以对你说我充满了愧疚，但这是在瞎说。我第一次跟他上床时，完全没有想到过你。伊莲娜，他和我之间的关系真的……很随意。在这个问题上他从来不说谎，我也一样。我们之间只有肌肤之亲、鱼水之欢，该结束时就会自然结束，没有其他牵扯。但是，有一件事并非这么随意，是关于妮侬——我6岁的女儿。"

伊莲娜喝下一大口威士忌。不，阿尔诺不可能跟爱丽丝生过孩子！

"他的爸爸在我怀孕时消失了。没关系，我自己想留住这个孩子。作为单身母亲，拿着一份不高的工资，坦白说，生活并不轻松。我很快发现妮侬有一些疾病症状，她有表达障碍，就好像单词到了嗓子里却发不出声音。她被诊断为言语失用症。这种病不能治愈，但在症状还比较轻时可以改善，需要通过针对性的疗法和康复训练，费用非常昂贵。"

"我知道……我曾经读到过相关的文章。这种病的治疗非常困难。"

爱丽丝抽了下鼻子，叹了口气，接着说："你对此无能为力，但阿尔诺帮助了我。我要说清楚，那时我和他还不是情人关系，我可以用我女儿的性命做担保。有一天晚上，他来到我的办公室，看见我哭得不成人样。那时，我刚收到妮侬的诊断结果。

他坐下来，问我发生了什么。我泣不成声，几乎说不出话。我没有力气去编造其他的理由。我一边擦眼泪，一边讲述了我女儿的情况。听完后他站起身，丢下一句：'爱丽丝，我为你感到难过。这是命运给你的打击，巨大的一击。'然后就离开了，留下我一个人在办公室里。我用了各种脏话骂他。多么没有同情心、多么冷漠的人！不是吗？"

"我……"

"但结果并非如此！月底的时候，我发现自己的工资涨了70欧元。这对你来说也许只是去一趟美发店的花费。但是对我，对一个收入不高的秘书来说，这点儿钱能派上许多用场。到了年底，公司给了我翻倍的奖金，说是为了奖励我对公司做出的杰出贡献。我不知道我做了什么特别的贡献，但当然不拒绝这额外的1500欧元。我要强调，阿尔诺从来没有以任何方式向我要求过……某种报答。他这份慷慨是给妮侬的，不是给我的。"

她再次抽了抽鼻子，带着哭腔说："我认为他这件事做得非常有风度。你要知道，伊莲娜，几乎所有人都丢下我不管，或是故意拉远跟我的距离，连我的父母都是如此。一个患失用症的孩子在哪儿都不受欢迎，人们都嫌弃她，不愿意邀请我们母女参加活动。但是我爱她，我十分爱她。至于我和阿尔诺的炮友关系，是我主动在先。我的生活有一点儿……应该说非常糟。所以我需要一些心理健康、头脑清晰、没有牵扯的男人来缓解压力。阿尔诺从来没有说过一句关于你的坏话，只会偶尔抱怨雨果这个儿子又惹他生气。对于他的家庭问题，我并不在乎。我完全没有把你当成对手或情敌，只不过是某个炮友的老婆。他偶尔给我带来些快活，完事后大家友好地各过各的日子。"

"虽然这些事让我很震惊，但我相信你，也理解你。"伊莲娜诚实地说，"所以，你告诉了我泽维尔篡改账目的事……"

"是的，这是妮侬送给阿尔诺的回礼。我们得行动起来，伊莲娜，要迅速。我们不知道阿尔诺什么时候会从昏迷中醒来，也许等他醒来就太迟了。假如泽维尔向税务部门匿名举报会怎么样？他是个心理扭曲的人。他甚至让我感到害怕，你知道吗？"

在前一天，爱丽丝给伊莲娜打电话揭露泽维尔的陷阱时，她对自己的想法有所保留。她没有提及那个梦境——那个阿尔诺求她帮忙，说泽维尔要杀死自己的梦。

"别害怕，爱丽丝。他这边我来处理，等到……我们这场戏结束后。"

她为自己平静的语调感到惊讶，又有些欣慰，于是奖励了自己一口威士忌。在她倒酒时，她的手轻微地颤抖，但她坚定了信念，相信自己可以完成接下来的挑战。

"啊，她来了，我把手机调成外放。伊莲娜，别说话，别发出声音，听我们说就行。晚上好，莎碧娜，你好吗？"

一个不太友好和高兴的声音回答道："挺好的。有什么紧急的事？"

伊莲娜回想起了她的形象：四十岁上下，头发染成了金色，样貌平平，离过一次婚。她喜欢佩戴样式夸张的耳环——长长的耳坠，五颜六色的花朵装饰。她经常穿细跟尖头浅口鞋，这种款式适合脚不大的女士，身材丰满的莎碧娜穿着有种不稳当的感觉。

"你觉得阿尔诺在账目上做过手脚吗？在欧盟内增值税那一项上。被查出来的话，他的麻烦就大了。"

"呃……我不知道你在说什么。"

"我很烦恼，莎碧娜。账目中存在骗税痕迹，很严重的骗税行为，而且在电子系统中得到过阿尔诺的许可，也就是用他的用户名和密码授权过。只有阿尔诺和你有这些信息。莫非……"

"……莫非什么？"莎碧娜生硬地问。

伊莲娜威严的声音响起："莎碧娜，我是伊莲娜·莫兰，我在通过扬声器跟你说话……"

"贱人！"莎碧娜对爱丽丝咒骂道，"有人在偷听！"

"是的。"伊莲娜说，"莎碧娜，如果我没记错，你应该42岁。我今天下午给律师打了电话。未经许可、以非法手段侵入数据存档电子系统和篡改数据将被判处三十万欧元的罚款和三年刑期。一旦被查处，你以后就再也找不到工作了。这对你来说值得吗？你对泽维尔一往情深？但他并不在乎你，他利用了你。如果有人要担起责任，泽维尔一定会把你推出去背锅以保全自己。你好好考虑吧。快一点儿，莎碧娜，我给你一分钟时间。"

她听到阿尔诺的秘书发出哽咽的声音，但她没有一丝的同情。这个女人试图毁了她的丈夫，也就是间接损害她的孩子们的利益。从今天起，她不会再把同情和怜悯给予不值得的人。

她喝完杯中剩下的威士忌，宣告说："一分钟结束了，莎碧娜。你的选择是什么？为了保证我们之间的对话透明，我要告诉你，我们的对话正在被录音。在这个录音设备上很容易检测出是否做过剪辑处理。我的律师建议我获取确凿的证据。目前来看，你只是个因为爱情而犯了糊涂的共犯。律师说，法官对这类同谋者会判罚得比较宽松，所以你只会受到很轻的处罚。珍惜这个机会，莎碧娜，我们不会等你太久。泽维尔根本不爱你。他想跟我上床已经很久了，我心里明白，只是一直装傻。不，他并不爱我，他没有爱人的能力。他只是觊觎一些人的地位，想抢走他们拥有的东西。莎碧娜，你不能满足他的虚荣心，而我可以。"

事实上，律师跟她说的是，偷偷录音获得的证据被法院受理的可能性会比较低。当然，她不会这么诚实。

几秒钟过后，莎碧娜用凄惨的语气说："我太蠢了，我真是蠢到家了。"

"不……许多女人都有这种梦想：成为爱慕之人的灵魂伴侣、红颜知己。结果最后发现是竹篮打水一场空。说起来，许多男人也不能幸免，他们也有对梦中情人的执念。无论如何，你把一片真心献给泽维尔绝对是最糟的选择。他是个心术不正之人，跟他接触不久就会感受到。我以前表现出对他很友好，是为了让阿尔诺开心。但是，我从来没有对他产生过好感。莎碧娜，保护好你自己，相信我。你有几个孩子，不是吗？"

"两个。"

"如果你坐牢了，谁来照顾他们？他们的父亲吗？"

"他还是少见他们为好。"她重重地叹了口气，"莫兰夫人，我要坦白了。我知道我在被录音，我说的都是实话。我……我……我很抱歉。我向你保证，我不知道他会做出这么糟糕的事。我太天真了，天真到糊涂。但是这一切都是真的。泽维尔，泽维尔·麦尔西，他引诱了我，跟我有过一段短暂的男女关系……我疯狂地爱上了他，我真是个笨蛋……他让我说出阿尔诺的用户名和密码。除了老板以外，我是唯一知道这些信息的人。我不知道他在酝酿这么阴险的计划，我发誓。我只是想再与他共度良宵……想让他抚摸我、疼爱我……该死，我真可悲。"她泪水涟涟地说。

爱丽丝递给她一张纸巾，询问道："接下来怎么做，伊莲娜？"

"我来处理，我已经安排好了。请你把她送上车吧。莎碧娜，我们不会起诉你，除非你刚刚说了谎，或者把我们的对话告诉泽维尔。我想，你不会这么做的。爱丽丝，我不挂电话，等你回来。还有件事要跟你交代。"

过了一会儿，爱丽丝回到了电话边，有点儿气喘吁吁："她的状态很糟糕。你觉得她会不会被追究法律责任？"

"我不知道。总之，我会建议阿尔诺不要向她追责。爱丽丝，在办公室等一会儿，七八分钟，不要关掉电脑。法庭执达员卡特琳·萨姆松很快会到，她会进行一些屏幕截图和数据输出。她是我的一位律师朋友的朋友。你想象不到我多么感谢你，做这件事需要很大很大的勇气。等执达员走了，请通知我。我会给泽维尔打电话。"

伊莲娜和泽维尔

星期五至星期六的午夜

塞尔奈拉维尔与加兹朗

　　已经是夜里 11 点了。伊莲娜又倒了一杯威士忌，放在离电话不远的玫瑰木小圆桌上。她盯着杯子里琥珀色的液体看了半晌，把床边的电话拿了过来。她惊讶地发现，酒精的作用不是增加勇气，而是稍微平息她心中的怒火。她咽下一口酒，忍住心中想要咒骂泽维尔的冲动。铃响了好多声以后，泽维尔才接起电话。

　　"晚上好，泽维尔，我是伊莲娜。希望你还没睡。"

　　"伊莲娜，你还好吗？"他担心地问，"没睡，没睡。你知道的，我随时欢迎你找我。"

　　"挺好的。"

　　"噢，你的声音听起来很没精神。"他用关切的语气说。

　　"我度过了漫长的一天，很累，但收获挺大。其实，我想问你一个问题。你可以诚实地回答我吗？"

泽维尔的心跳因为激动而加快。她总算明白自己是伊夫林省最凄惨的主妇之一了。多亏了他，她才发现丈夫有多少外遇。也许他的机会终于来了？她的问题莫不是"你是不是爱上我了，泽维尔"？

"当然了。我永远不会骗你。"

伊莲娜不慌不忙地喝了一口酒，用疏远、冷漠的声音问："作为一个极品人渣、人间难遇的卑鄙小人，你有什么感受？"

"啊？"

"你想让我再重复一遍吗？欧盟内增值税的骗税、阿尔诺的密码，你什么都不知道？刚刚去过办公室的律师兼法庭执达员可是很快就找到了证据。"

在一片沉默后，泽维尔叹了口气，说："我爱你，伊莲娜。对你的爱让我变成了疯子。为了得到你，我什么都愿意做，即使是使用卑劣的行径。"

"扯淡！就算你说的是真的，我也不在乎！你只爱你自己。'得到'这个词……就像是在说猎物……阿尔诺拥有的最后一个猎物，还有他的公司，都是你抢夺的目标，不是吗？"

她自己都为说出脏话感到惊讶。

"不是的！"他大声说，"我只爱过你一个人。"

伊莲娜感觉到他在强忍泪水，但她不为所动。她发现，她可以变成一个铁石心肠的人，当有人威胁到她爱的人——她的孩子们和——她猛然停下了列举。

"另外，我还听说你有病理性的说谎行为，类似于心理变态。你们这种人很擅长利用他人的感情，自己却无情无义。我们来简单总结一下，泽维尔。明天你会收到一封我的律师寄出的双挂号信。你被公司开除了，没有提前通知期。你再也不能踏进我们公司一步。今天你走后，我们已经把你办公室的门锁换了。你的个人物品我们会寄给你。之后你就等着刑罚吧。"

她挂断了电话。泽维尔回拨了好几次，都被她接起又立马挂断。她喝完威士忌，感到身心舒畅。夜晚的宁静安抚了她的心。

阿尔诺

　　他在睡梦之中。至少他的大脑在做梦。梦中的他躺在一片沙滩上，夜幕降临，海水涨潮的声音如同一支摇篮曲。他在心中决定，在海水冲到他的脚之前，他不会起身。空气中飘散着海藻和盐的气味。

　　西娅来了，她穿着长及脚踝的夏季连衣裙和凉鞋。她轻盈的裙角被海风吹起，又落下，贴住她的脚踝。她坐到他身边，香奈儿香水的气息弥漫开来。

　　"阿尔诺，西娅不用香水，她只用天然止汗矿石。"战斗区域纠正了他，但没有打断这一场景。

　　她用手指轻抚他的腹部，低声呢喃："你不知道我经历了多少痛苦，哭得多凶。我恨过你，恨你的懦弱无能。我跟自己说，你配不上我。幸好我没有太晚看清这一点……"

"这个女人真是傲慢！她毫无理由地甩掉了你，还让别人来传话，因为她不敢当面跟你说分手。结果，她认为你配不上她？所以呢？你要追着她不放，求她不要抛弃你吗？我是在做梦吗？啊，不是，是你在做梦。梦总是汇集了许多不合逻辑的东西，但它对大脑很重要。"

"我们错过了彼此，阿尔诺。如果没有分开，那段澎湃的激情在十年、二十年后会变成什么样呢？我想象不出来。我们可以依据甜蜜的往事来描绘未来，但那只是空想罢了。人生中，每个人都沿着一条道路前行，到了分岔口就选择接下来的路，然后迎来新的分岔。真正契合的伴侣每次或几乎每次都想选择同样的道路。我说的是'想'，是意愿，不是放弃选择、服从或依赖另一半或感到无所谓。双方都想在同一条路上陪伴彼此，走过漫长的人生之路——两人同行的道路。现在再回想，我不认为我们能够做到。我们当时太年轻，有太多的不同。这种不同造就了我们邂逅时的激情。你对感情很认真，很负责，知道自己想做什么、取得怎样的成就。而我无忧无虑，恣意潇洒地享受生活的美好瞬间。我一心热爱绘画，没有其他的设想和规划。在十年、二十年、三十年后，你还会爱我吗？当我发现你没有展露过的缺点后，我会愿意迁就吗？我无法确定，你也是。亲爱的，谁知道我们会不会变成一对怨偶，互相厌恨，互相伤害呢？好好休息吧。

我曾经深爱过你。"

她躺下来，靠在他身边。他抱住她，沉迷在她柔美迷人的香气中。微笑着，他睁开了眼睛。金色的中长发，蓝色的眼睛，白皙的皮肤。是伊莲娜。他抱住伊莲娜，轻轻地笑出了声。他侧躺着，将一只腿搭在她的腿上。他感到无比幸福。

电子血压计臂带挤压上臂的触感将他惊醒。他不喜欢这种无法预料的自动加压，让人担心何时会结束、会不会压坏手臂。还是从前那种老式血压计好，医生和护士会微笑着操控手里的黑色或橙色气球来控制压力。

一个清晰而充满朝气的声音响起："很好，莫兰先生，您的血压跟年轻小伙子一个样！我要去跟住在走廊另一头的病人聊聊天。他无聊得就像一条死鱼，真可怜。他在一场摩托车事故中伤得血肉模糊……差一点儿送了命。但至少他现在能清醒地与人对话，而您不能。他也真够惨的，没有人来医院看他，女朋友、兄弟姐妹、父母或同事，一个都没有。出车祸时是救护车送他过来的，等到出院，送他回去的估计也只有救护车。而看望您的人从来没断过，真是温暖人心。家人朋友们应该都很爱您，您真幸福。好啦，我先走啦。"

他想起雨果充满悲伤的倾诉："你知道吗？最可怕的地方在于，我们每个人都爱你，或者至少曾经爱过你，但你让这份爱变得艰难，甚至痛苦。"

"时候还没到……阿尔诺。"

"你说什么，战斗区域？"

"就是我刚刚说的，没别的。睡觉吧。"

全家人

　　全家人轮流用亲吻问候了阿尔诺：伊莲娜轻快地吻了一下他的唇；利利亚纳一边吻个不停，一边充满温情地呼唤她的儿子；玛戈和雨果和平常一样，在他脸颊印上轻吻；热纳维耶芙的脸颊吻深长而温柔。

　　雨果去别的病房搬了两张多余的椅子过来。

　　他们的问题和评论都很没意思，因为内容很重复，况且他也不能回答。

　　玛戈："我觉得他气色不错，闻起来也很香。医院的人肯定经常给他擦身，尽管今天是星期六。"

　　阿尔诺："最近怎么样，我的小公主？跟我说说看。"

　　伊莲娜："的确。他看起来就像在睡觉，睡得特别安稳。"

　　战斗区域插嘴说："只是看起来而已。从你们嘴里听到的那些事可让人睡不着觉……"

利利亚纳满脸幸福:"在我儿子还是小宝宝时,他睡觉的样子特别惹人爱。我可以几个小时什么都不做,只盯着他看。他有时会突然皱一皱鼻子。"

阿尔诺:"妈妈,你真可爱。我原谅你烧掉了西娅母亲的信。你只是不想让我再想起悲伤的往事。我已经不再爱她了,你知道吗?"

热纳维耶芙:"而且他晚上睡觉很安稳。不像苏菲总会日夜颠倒。"

阿尔诺:"热纳维耶芙,你是我无可取代的小姨。很少有人像你这样发自内心地善良、亲切。"

利利亚纳:"的确!"

热纳维耶芙:"啊,对了,她向大家问好。因为时差问题,她一般清早打电话过来。"

玛戈:"澳大利亚和我们这儿的时差是几小时?"

热纳维耶芙:"比法国早七个半小时。你有概念了吗?"

雨果站在墙上挂着的彩铅画前:"真蹩脚!画这幅画的老兄或是大姐肯定是灵感匮乏,才画出这么一个穿着橙色衣服的蓝发女人……这个紫红色的是什么花?"

伊莲娜:"我觉得是向日葵。"

阿尔诺:"伊莲娜,我不知道从哪里开始说,我的思绪很乱。

我求你别走……我们会把问题都解决好。我过去做了太多傻事。"

雨果:"真难看,不是吗?"

热纳维耶芙:"也许这是艺术家的独特品味?"

雨果:"我看他应该没什么艺术天赋。"

阿尔诺:"儿子,我为你感到骄傲。过去是我的错,我们要好好谈一谈。"

利利亚纳:"雨果说得有道理。"

伊莲娜在心里想:"当然了,在你眼里,雨果怎么会有错?"

战斗区域:"阿尔诺,坦白说,我要无聊死了。接下来的一个小时,他们八成会一直聊那些没意思的琐事——昨天吃了啥,今天要吃啥。真受不了,我需要更刺激的话题。这很正常,因为我是战斗区域,不战斗就没我什么事了。"

阿尔诺:"我也觉得无聊。哎,就当是给大脑放个假吧。他们一个接一个地讲心事、说秘密,我也真是累坏了。"

战斗区域:"你在说谁呢?!我可比你操心多了!"

阿尔诺:"我们俩聊聊天吧?"

战斗区域:"看情况,兄弟。如果你总爱挑我的刺儿就算了。还有,如果你说什么都要证明自己有道理,那也别聊了。"

阿尔诺与战斗区域

"战斗区域，你还记得雨果说过的一句话吗……我不记得是什么时候说的了……好像是很久以前。我现在已经完全没有时间概念了。"

"这很正常。哪句话？他说了很多话。"

"他说：'最可怕的地方在于，我们每个人都爱你，或者至少曾经爱过你，但你让这份爱变得艰难，甚至痛苦……你是个傲慢的老顽固。'"

"嗯……所以呢？"

"你觉得他说得对吗？"

"什么？你是个傲慢的老顽固？200%正确。"战斗区域揶揄道。

"别一个劲儿地嘲讽了。我说的是前面那部分：'最可怕的地方在于，我们每个人都爱你，或者至少曾经爱过你……'。"

"毫无疑问是这样。有些人肆意践踏他人的爱意，全然不知自己一直受惠于此，的确很可怕。你身在福中不知福，看不到更谈不上尊重别人的爱，所以才变成了今天这样的阿尔诺。当然，你母亲的爱除外。"

"我是不是个十足的蠢货？"

"不如说你出奇地盲目，又自以为是。你欣赏你的好哥们儿泽维尔，把他当成亲弟弟看待，结果如何我们都看到了。你打心眼里瞧不起雨果，认为玛戈跟你的感情日渐疏远，并坚信这是她的问题，其实是因为你对他们俩漠不关心。你有伊莲娜这么一个深爱着你的好妻子，却不知珍惜，眼睁睁地错过。四个字来总结：一败涂地。"

"不，不，不会的！我没有放弃伊莲娜，完全没有，我会尽最大努力挽留她。我爱她，我一直都爱着她。我想，除了我的母亲，我爱过的人只有她。"

"西娅呢？你不爱西娅吗？"

"这么多年以后再回想，我和西娅之间只是年轻气盛时的狂热激情。她去世的消息真的让我很悲痛。但我连她最基本的轮廓都回忆不起来了。我……我可以对你承认一件事吗？可能会让你感到震惊。"

"说吧，老兄。"

"我越来越怀疑自己是不是在利用这种失恋的痛苦。我多年笼罩在失恋的阴影下，也许是不想让这段记忆变得模糊。"

"嗯，嗯……你还想到了什么？

"拜托你别像心理医生一样说话。"

"心理医生也是很有用的。其实……心理医生跟你现在的情况很像，他们只能倾听。你知道吗，人们很少倾听站在面前的对话者。很多时候，接受信息的窗口从一开始就是关上的，因为人们总是在想'我等会儿要说什么'。人们常常只对自己想要陈述、肯定或否定的事情感兴趣，而不在乎对方的回答，这就会造成并积累人与人之间的误解。你与伊莲娜，你与你的……我们的孩子们都是这样出现了隔阂。阿尔诺，事实上我认为这场事故是个绝佳的机会，虽然你不希望它发生。它让你不得不沉默，不得不倾听，让你懂得自问：他／她想说什么？想要让我明白什么？让你不能打断对方，改变话题或装作没听见。"

"嗯……我内心不想承认，但你说得有道理。"

"我一向都很有道理！好了，回到之前的话题，你刚刚说到'我越来越怀疑自己是不是在利用这种失恋的痛苦'。"

"你对我要求很严苛，不是吗？"

"当然了，因为我爱你。"

"噢，这么说真温暖。"

"这是事实，我没有撒谎的回路。我有时会出现判断偏差，但从不说谎。这个本领留给了大脑皮层的另一边，所以你很擅长骗人，甚至欺骗你自己，这在某种程度上造成了你的盲目。内心的盲目并非毫无益处，有时它会保护你，让精神免受不可治愈的伤痛。但是，它也会让我们做出许多傻事。作为战斗区域，我的职责是确保你更好地生存。如果某种盲目能保护你，那么我鼓掌表示支持。如果它威胁到你的生存，我会出来与它作战。这就是我的工作。又跑题了，阿尔诺，我们刚刚说到失恋的痛苦……"

"失恋也威胁到我的生存了吗？"

"是的。快，我在等你说呢。"

"沉浸在失恋的痛苦之中让我不那么空虚。我的意思是，它填补了我感情生活的空缺。这是一种时不时会发作的阵痛，但它随着时间的流逝变得越来越容易承受。到最后它甚至变成了可以利用的工具：你是爱情中的牺牲者，所以……啊，见鬼，真难解释……所以你拥有某种借口。至少我当时是这么想的：看，你被伤得这么重，你想了西娅这么多年，几乎每天以泪洗面。所以，你拥有某种……某种……"

"被爱却不付出真心的特权？"

"对。"

"这是不合理的，或者说不可能长久。"

"我知道……应该说我刚刚明白这个道理。你也许会谴责我是个不敢付出感情的胆小鬼，但你不知道我当年承受了多大的痛苦……"

"不，我知道，我那时也在守护你。当你深陷在绝望之中，出现自杀的念头时，你以为是谁奋力阻止了你？"

"是你吗？"

"是的。我知道再大的痛苦和忧愁也会随着时间而淡化。而你当时不懂。继续说。"

"事实上，西娅变成了某种解药，我在还没有中毒时就急着服用。但有时解药比毒药本身更可怕。妈的，我真蠢！"

"不，你不蠢。证据就是，你终于抵达了我想要引领你到达的境界。我要强调，没有什么是不可挽回的，这世上大多事都有重新争取的机会。"

"你之前就知道这一切？战斗区域，你为什么不早点儿告诉我？"他用谴责的语气说。

"她"的声音迅速切换到瘟神版本："哎哟，你这话说得真轻巧！你真不是一般的过分！在过去几十年里，你堵住我的嘴，禁止我发言。我只能待在自己的地盘独自应付困境。每次我想要警告你时，你都强行把我关进神经系统的禁闭室。"

"呃……这不是真的。"

"是真的！""她"训斥道。

阿尔诺笑了，他仿佛看到"她"两手叉腰跺脚的样子。战斗区域以女性身份出现确实很恰当，因为女人在保护她们所爱的人时，总会表现出无限的战斗力，没有人能挡得住，就像他的母亲那样。

"啊……好了，他们要走了。听他们讲无聊的琐事也是种放松。每次他们袒露心事，我们就要承受不少冲击。等我们从病床上起来，你有的是麻烦事要处理。"

"我们有的是麻烦事要处理。"

"不，不。我可不是婚姻与家庭问题顾问。你得自己动脑子解决问题。"

莎碧娜

星期六午后

朗布叶医院

"午安，莫兰先生。我是莎碧娜，您的秘书。"

咦，她没有称呼他为"老板"或"阿尔诺"？他听到她擤鼻子的声音。她一边抽泣一边说："我来之前给您买了一盆嚏根草，也叫圣诞玫瑰……花很漂亮……但医院不允许带花进病房，怕引起感染……我只好送给了护士。我……我从昨晚一直哭到了现在，眼睛都哭肿了。您的妻子是个好人。如果我是她，一定不会轻易放过敌人。伊莲娜真的很善良。您不知道我对自己犯下的错感到多内疚、多后悔……太傻了，我实在太傻了！我明知道泽维尔从没在乎过我，他只想利用我，但我爱他爱得失去了理智。我把您的密码告诉了他，他就把我甩了。我发誓，我不知道他在筹划那么可怕的阴谋。我现在看清了，他是一个疯狂的人。您给了他这么好的工作和职位，待他如亲兄弟，他却在心里厌恨您。与其留下这个腐败的左右手，不如忍痛将其割除。我今天来是为了诚挚地向您道歉，虽然您可能不愿意接受。如果您想要开除我，我会主动辞职。我犯下了愚蠢的错误，我很着愧，您想象不出我有多惭愧……"

她说得一把鼻涕一把泪，再次擤了擤鼻子。

"我讨厌我自己……我总是那么卑微。这都是因为……我长得不好看，我自己很清楚。我的容颜一天天衰老。前夫为了别的女人抛弃了我，一个比我年轻漂亮……也许也更有趣的女人。我甚至不怪他，我理解他为什么会这么选择，但他至少应该多管管我们的孩子。我以为……当泽维尔邀请我共进晚餐时——要知道，我已经有十年没有被男人邀请过了——我以为那些甜得发腻的言情小说情节也有可能是真的。我错了。"

她苦笑了一声，深深地吸了口气，接着说："您的妻子莫兰夫人是个高雅的人，她很坚定地处理了这件事，但不打算追责于我。我们在对话时，她告知了我们在被录音，所以我很明白说出真相会有什么后果。我什么都说了，不只是为了保护我自己，也是因为泽维尔欺骗了我，也因为我很喜欢您这个人。为什么他会恨您到这种地步？我完全想不明白。莫兰夫人跟我说，你们不会追究我的责任，但我知道自己可能会面临许多的麻烦。她以品行不端为由开除了泽维尔，更换了他办公室的锁，以免他潜入公司销毁证据。有时候真是人不可貌相，我一直以为伊莲娜是个没有存在感的弱女子。现在看来，她是个女战士！"

她带着泪笑了。

"好了。等您恢复过来，生龙活虎了，我再跟您重复今天的话。我走了，老板。我……唉，可惜您听不到我说的话。但是……如果我知道他会这样害您，我一定不会把密码告诉他的。一定不会！他用花言巧语蒙骗了我，说您在财务上的决定太过冒险，所以他想暗地里监督账目，以确保您的安全。我相信了他，我是个白痴、傻子。没有别的词可以形容我的愚蠢。"

伊莲娜，我爱你，我爱你，我爱你。你是我身边最大的助力，我刚刚才发现这一点。伊莲娜，你像战士一样保护了我，是不是说明你还爱我？也许我的错还没有毁掉我们所有的情义？你把泽维尔赶出了公司，我感到很欣慰。这证明你对他没有爱意，也证明你比我更聪慧、敏锐。莎碧娜，伊莲娜说的是实话，我不会……我们不会追究你的责任。人总有犯傻和犯错的时候，我自己深有体会。我相信你并非真心想伤害我。你和泽维尔不一样。

利利亚纳

"我早上送热纳维耶芙去了机场，现在机场的安检程序真是没完没了……我知道有必要保障安全，但这个速度，唉……热纳维耶芙告诉我，她跟你说了西娅母亲来信的事。我很不高兴，向她表达了不满，她承诺之后再也不说这个话题。热纳维耶芙有她天真的一面，而且她一直受宗教思想影响。她相信'承认错误，就被原谅了一半''只有承认错误并真心感到抱歉的人才能被宽恕'，还有忏悔、赦罪什么的……我从很久以前就不相信这些了。跪在神像面前祈祷不能让人赎罪。只有内心足够坚强，才能承受罪恶感而不受煎熬。话说回来，昏迷的人也听不到她的忏悔……"

"不是的，不是的！"战斗区域呼喊道。

"……从机场回来的路上，我一直在思考。我从没有研究过心理分析的理论，而且一直觉得这东西是瞎扯。但是，我天生就擅长掌控人的心理，这在我过去几十年的人生中起到了很大作用。热纳维耶芙违背了对我做出的承诺，因此感到心灵不安……我承认，当年是我逼她许下承诺的，她一向说不赢我。在回来的高速路上，我开车很小心，特别是对不熟悉的路段。唉，那些立交桥太复杂了，还好我有 GPS 导航。我一直走右车道，速度控制在限速之下，几乎不超车，除非前面的车比我开得还慢。"

的确。阿尔诺回想起，当她妈妈开车，他坐副驾驶位时，他也思考过这个问题：这么强势果断的女人怎么开起车来像个胆小鬼？

"……所以我一路上想了不少事。在高速上开车实在太无聊了！你别担心，我眼睛还是盯着路的。我问自己，为什么人们总需要忏悔和坦白，向神父、向心理医生、向警官、向亲朋好友……我觉得，这可能是减轻心理负担最简单的方法吧，虽然不一定对。还有一个方法是努力弥补犯下的错，修复错误造成的后果，但有时可能做不到。有些人会想，过去的事就让它过去吧。至于我，我一直认为人不应该主动激起难过的回忆。有些事情，我们知道自己做得并不光彩，但回到当时那个情境，我们确实有充分的理由那样做。我一直都相信种瓜得瓜、种豆得豆。我为自己的行为造成的结果负责。至于所谓的'坏事'，这个概念我觉得很奇怪。什么叫坏事？如果做一件事是出于爱，出于对另一个人的照顾和保护，那这件事还能被当作坏事吗？我不这么认为。"

阿尔诺知道利利亚纳在自言自语，她试图与自己的内心对话，来琢磨这个没想透的主题。这也是她今天的开场白很不同寻常的原因。她是那种开门见山、从不拐弯抹角的性格。

"这些东西在我脑子里转了好一会儿。最后，我发现我能理解热纳维耶芙。她是个内心非常善良的人，总想躲避冲突，甚至是她自己心中的冲突。我不怪她。而且，她选择了客观上最好的时机、最适宜的环境向你坦白……噢，这么说真对不住你，我的小可怜。想想看，拥有这样一个忏悔的机会真的特别难得和宝贵，因为倾诉的对象没有意识，说出口的秘密不会有人知道。这比面对守口如瓶的神父还要安全。"

"不是的，不是的！"战斗区域重复着"她"的否定。

"所以，我决定效仿她。在回来的路上，我想清楚了这件事：秘密藏得太久对心灵总会有损害，无论是内心多么坚决的人，无论辩解的理由多么充分。首先我要强调一个事实：我生命中唯一最重要的就是你，我的宝贝，我只爱你一个人，无论是现在还是过去。我甚至愿意为你付出生命，这是我的真实想法，不是漂亮的空话。"

阿尔诺没有太大的反应。他丝毫没有怀疑过母亲对他的爱，她一直过度爱他，过度保护他。他知道，母亲是为了他没有再婚，也没有过男友或情人——至少在他所知的范围内没有。像她这样美丽、优雅、高贵、有魅力的女人，本不应该如此孤单。

但接下来，他第一次听到利利亚纳用一种陌生的声音说话，那声音就像出自一个苍老的女人之口，带着犹豫、悲伤甚至惊慌："西娅的母亲在信中说，你们分手几年后，西娅结了婚，但婚姻只维持了两年就以离婚收场。她没有生过孩子。她成了设计师，业余时间一直将绘画当作爱好。那封信写得……嗯……"她短暂地抽噎了一下，"……很美，很感人，很悲伤，没有任何指责的意味。我必须把信烧掉，对此我也很难过。我多想一个人安静地把它再读一遍啊。热纳维耶芙在旁边问个不停，她说我看到信以后脸色变得很苍白。如果不把信烧掉，我怕总有一天会有人发现它，也许是在我去世之后……"

阿尔诺突然感到一种彻骨的寒冷。他母亲声音中的某些情绪似乎宣告着灾难即将来临。

"我当时受到了很大的冲击，所以没有编出恰当的谎言来应付热纳维耶芙，我承认了信来自西娅的母亲。嗯……现在该把这一切告诉你了……西娅从没有背叛过你，她那时没有别的情人。她爱你，她真心爱你，但在我眼里她爱你爱得还不够。是我编造了她出轨的故事。"

"阿尔诺？阿尔诺，兄弟，你人呢？我找不到你了。阿尔诺，快回来！这是命令！"

"我在这儿，战斗区域。我很累，没有力气。我之前就猜到了。在小姨探望我之后，我就猜到了这一切，但我内心拒绝承认。所以我才做了那个奇怪的梦，西娅指责我懦弱，之后变成伊莲娜的梦。我以前相信的东西都是假的，都是巨大的谎言，都是虚假的伪装。真是令人头晕目眩，不是吗？"

利利亚纳在心情稍微平复后继续说："西娅是个活泼可爱、美丽动人的姑娘，但她为自己考虑得太多了。我希望你找到一个关心你胜过关心自己的妻子、一个忘我地去爱你的女人。也许跟我有点儿像吧。伊莲娜符合我的要求，虽然我从来没有喜欢过她。伊莲娜身上有一种……叫什么来着……自卑情结。我从来没有过这种情结，所以也说不准确。但我一直把你看得比我自己还重要，我心甘情愿这么做。伊莲娜不是，她并不愿意忘掉自我，全心为你而活。但我知道，她有忘掉自我的潜质，这是西娅所没有的。伊莲娜会为你感到自豪和满足，她会愿意承担贤内助的角色，因为她爱你爱得疯狂。你会自然而然地变成她生活的重心，这正合我的心意……"

"这种做法，就是人们常说的操纵他人心理，是吗？"阿尔诺问。

"是的，她是高水平的操纵者。但我怀疑她有自恋倾向。她不是在寻找一个跟她相像的人来做你的妻子，而是在寻找一个全盘接受她的决定、为你的利益而服务的女人。这是我的想法。我跟你一样，刚刚发现她真实的这一面。"

"……我不需要别人宽恕我的行为。我很明白我做的事会有什么后果，我只想做出对我儿子最好的选择。我的小天使，我要再次强调：我这一生只爱过你一个人，我可以为你赴汤蹈火。也许我是个坏女人吧。我不在乎，我对你的爱远远不只是母亲的关心，我可以为你付出生命，无怨无悔。我欺骗了你，我从心底里无法原谅我自己，虽然这一切都是为了你好。我假称西娅为了别的男人抛弃了你，使你深陷于失恋的痛苦之中。其实那天晚上她来到了我们家，而你在格朗维勒海滩等她。我说谎了。我非常擅长说谎。我装出难堪的样子，告诉西娅你几个月前就爱上了别的女人，但你不知道怎么跟她说分手。我说你带着新欢去南方度假了；说男人总是不敢面对这种情况，所以你在出发前更换了家里的电话号码，不希望她骚扰你；说你再也不想跟她有任何联系。老天呀，她哭成了泪人儿。我安慰她，说你其实是个自私的人，而她会找到一个用情更深、对她更好的男人。她那天戴着你送给她的首饰，她把这份礼物退还给了我。我对你说的是，家里接到了古怪的电话，所以换了一个不可被陌生人查询到的号码。做这些事很简单，在那个年代，手机还不常见。我给西娅看了你和表妹苏菲在图卢兹度假时拍的照片。你记得吗？苏菲坐在花园的餐桌前，你从身后搂住她，笑容很灿烂。看到照片上漂亮的金发女孩，西娅深受打击，相信了我说的话。她感谢我的诚实相告，然后转身离开了。到最后她哭得连话都说不出来。那张照片和后来西娅母亲寄来的信都被我烧毁了，它们是揭露我罪行的证据。我要再次声明，我对做过的事一点儿都不后悔，因为我这么做是有道理的。后来，你遇到了伊莲娜。这一次我很满意，因为她像个疯子一样爱你。你是她的空气、她的阳光……"

"你可以让我安乐死吗？"

"你脑子坏了吗？就因为这个死老太婆？对不起，我知道她是你的母亲，但她是个可怕的怪物。听着，阿尔诺，没有什么是不能挽救的，除了不可治疗的绝症。在其他情况下，只要努力就会有所改变。你要付出精力、意志力、感情和信念：对自己的信念，对努力的信念，对他人的信念，甚至对神灵的信念。人类不是像财务报表之类的东西：一行'借记'，一行'贷记'，这边多1欧，那边减1欧。几个瞬间的幸福和满足也许能扫清多年的不幸和阴霾；一个感人的行为、一次感情的流露也可能解开因为懒惰或冷漠而导致的种种误会。这就是人的精神。人的精神远比你想象的强大。"

一连串的吻落在他的额头、脸颊和手背上。如果做得到，他真想推开他的母亲。

"你爱西娅远胜过爱伊莲娜。但伊莲娜对你的爱是西娅永远给不了的，我很确定。"

战斗区域用阿尔诺从来没有听过的一种温和的声音说："有些母亲的爱真的很疯狂，既疯狂又可怕。这种爱简直能将人吞噬。它默默地侵蚀，却不留下能让人发现的伤口。在你们的案例中，伊莲娜成了牺牲品。"

"看来俗话还是有一定道理的：人善被人欺，马善被人骑。"

不出所料，温和的声音马上转换成尖声细气的讽刺。

"是吗？所以说这么多年来你都毫无察觉？"

"行，又是一个证明我迟钝的例子。"

"不是你迟钝，是我格外敏锐和有洞察力。""她"有点儿自负地说，"的确，在伊莲娜眼中，她最大的成功就是相夫教子，给你和孩子最大限度的关爱和照顾。但这并不是因为她愚蠢地忘记了自我，像你母亲设想的那样；也不是因为你英俊潇洒，帅气多金，可以给她舒适的生活，理由很简单：只因为爱是伊莲娜生活的重心。她完成了自己的目标！而你，阿尔诺，除了运营一个纸箱公司，你有什么成就？你完成了什么伟大的事？"

"闭嘴！"

"我的小天使，热纳维耶芙说得有道理。坦白秘密的过程很痛苦，但最后会让人如释重负。而且，我也趁机厘清了思路，确认了我当年做的选择是正确的。"

"你曾经见过她承认自己的错误吗？这不是挖苦，我是真的在问问题。"战斗区域问。

"我觉得没有……确实，从没有过。"

利利亚纳长长地叹了一口气。她轻咳了一声，继续说："让我们享受这难得的两人独处时光吧，亲爱的。你什么都听不到，是这个机会让我向你敞开心扉，展现心中最阴暗的角落。然后……然后，你会回到我身边，回归你的生活。今天说的那些事没有人会重提。不会有坏人来伤害你，我的天使……"

"阿尔诺，她现在说的东西没什么意思。兄弟，我们睡一会儿怎么样？"

"不。你要是把我弄睡着，我一定会恨你。"

"好吧。"

"在你父亲的问题上，我也做出了正确的选择。你知道，乔治出生于一个富有的地主家庭，我们是在他家的庄园举办婚礼的。你的伯父，乔治唯一的哥哥，年轻时就患白血病去世了，我也没有见过他。乔治是他家唯一的继承人，至少我当年这么认为，我也是因为这个原因嫁给了他。那时我就想得很清楚，我想要生一个儿子，给他最好的生活。天遂人愿，你来到了这个世上。你是我这辈子最大的成功。你的祖父在你 3 岁时去世了，他并不是死于肺炎，我和你爸爸没有告诉你实情。他是上吊自杀的。我那时才知道他们家负债累累，财产都被抵押了，已经是穷途末路。你爸爸跟你祖父一样愚蠢无能，他不敢面对现实、承担责任，他是个懦夫。我感到自己受到了欺骗和背叛……"

"阿尔诺,你确定你不想睡觉吗?"

"不。我要听她说完。"他斩钉截铁地回答。

"于是,我让他过上了难熬的生活,我用各种方式羞辱他。从那时起,我再也不准他碰我一根手指,我不能忍受跟这种窝囊废同床共枕。我……我去卫生间接杯水。亲爱的,妈妈爱你。永远都爱。"

他听见她站起身,慢步走向卫生间。

"我向你保证,阿尔诺,现在是断开连接的最好时机。"战斗区域几乎在请求他。

"别跟我玩这套。你害怕了?你知道故事还没完,我也知道。我们醒着把它听完。我现在没有任何危险,你没有权利引发晕厥。"

利利亚纳回到床边,在儿子的脸颊和手上亲吻了许多下,然后重新坐在座位上。他听到她在自言自语:"加油,利利亚纳……你一向都不缺乏勇气。现在退缩已经太迟了。"

他脑中闪过一个念头:是不是接受战斗区域的提议会更好?但他随即否定了想法:"我不要求你也醒着。你睡吧。"

利利亚纳再度清了清嗓子,他听见她喉中发出略显艰难的吞咽声。她接着说:"嗯……那天你在学校。那是一个天气很好的春日,有些凉爽,但阳光灿烂。我记得我穿着香槟色的短上衣和灰色的西装外套。那天早上的气氛充满火药味，我一遍又一遍地责骂乔治，而他早就习惯了低着头不说一句话。那天是星期五，我想去超市买点儿比目鱼和虾仁，你那时只肯吃这一种鱼。等我买好东西回到家，大概是上午11点。我正准备去学校接你回家吃饭，就发现乔治躺在地上，头伸进了烤箱里。他连寻死都这么懦弱：他连朝脑袋开一枪的勇气都没有！他选择用烤箱闷死自己，冒着引发爆炸伤及你我的风险。我走近查看时，发现他在艰难地、没有规律地呼吸。我只犹豫了几秒钟。室内的空气让人窒息。我从后门走到院子里，坐在你的秋千上，等待着这一切结束……"

阿尔诺感到，大脑仿佛被割出一道深深的口子，在不住地往外淌血。

"没有……没有出现脑出血。"战斗区域赶忙确认，"应该只是悲伤和不解造成的伤痛。"

他几乎听不清她的声音。他用颤抖的声音结结巴巴地说："妈妈……这不是真的，对吗？妈妈……告诉我你在说谎。求你了……"

他的大脑想要呐喊。他强忍着心中的泪水说："这……是桩谋杀。你意识到了吗？你不会做这种事，不可能！战斗区域，对不起，我应该听你的话。我永远不想知道这么可怕的事……我的妈妈……我的妈妈杀死了我的爸爸。"

战斗区域用平淡的语气回答："从技术层面上来说并不是。当然，她对濒危之人见死不救，这一点毋庸置疑。换个角度想，也许她想救他也为时已晚。但利利亚纳无法确定他还有没有救。所以她的确有过错。"

"是她把他逼上这条路的。是她造成了他自杀。"

"那你呢？你没有把伊莲娜逼上绝路吗？"

他憋回泪水，反击道："你这么说真恶心。"

"我只是头脑清晰而已。我不是为利利亚纳找借口，但你的父亲本应该要求离婚，像伊莲娜要做的那样；或者跟利利亚纳把该说的话说清，该吵的架吵完，而不是默默忍受直到自己崩溃。"

"因为他是个懦弱的人？"

"人们总是这样简单概括自杀的人。在我看来，要彻底镇压自己的战斗区域也是很需要勇气的，唯一的办法是让它沉浸在深深的绝望之中，让它自知无法反抗，只能沉默和放弃。我想，你的父亲缺少一只蓝山雀。"

利利亚纳的语气重新变得决绝："我等了大半个小时才回到室内，他已经死了。我给学校打电话，让老师带你去食堂吃饭，然后打了消防员。你记得吗？热纳维耶芙把你接到她家住了两个星期。那段时间我在打点葬礼和办各种手续。我告诉你的祖母，我不想让她再跟你接触。他们家的人欺骗了我，也欺骗了你。反正她也是个没有价值的人，脊椎有毛病，智力也退化了，整天无精打采，唉声叹气。我不能让她给你带来不良的影响。后来我跟你说她去世了，其实她很多年之后才死。要知道，这桩婚姻就是一场心照不宣的交易。我不是唯一这么做的女人，很多人抱着跟我一样的想法。我那时年轻貌美，才智过人，有良好的教育背景。我做好了嫁给乔治的心理准备，虽然他又瘦又矮，无聊又没有情趣。他在这场交易中的定位清晰明了：他能保证我过上富足的生活，保证我的儿子拥有优越的成长环境。我履行了合同义务，而他没有。我永远不会原谅这个窝囊废！我对他没有什么好说的了。"

"你真是个疯子。你在嘲笑谁？"他愤怒地叫喊，"你没有一丝内疚和后悔吗？你知道自己做了多么卑鄙、多么残忍的事吗？"

难道利利亚纳看得透他的心思？她说："我重申，我一点儿都不后悔。乔治和他的母亲只能教会你软弱、放弃、逃避和退缩，你不需要这些。亲爱的，我突然觉得很累。我要回家了。我是如此爱你，我的宝贝，我可爱的小宝贝。"

她再次亲吻了他。阿尔诺的脑中涌现出恶心和厌恶的情感，在一个个神经元中传递、蔓延。

他感到昏昏沉沉。沉默了好几分钟后，他问："你之前就知道这一切吗？"

"不。倒是你有可能知道。至少你能猜到一部分，只不过你否定了自己的猜测。这也解释了那个关于西娅的梦。我说过,有些东西只有你那部分的大脑可以处理,我没有权限。如果没有这个限制,我肯定早就狠狠踹你一脚提醒你了。睡觉吧,阿尔诺,睡吧。"

泽维尔

男士止汗喷雾的辛辣气味将战斗区域从昏睡中唤醒。"她"吹了吹口哨:"对不起,兄弟,两分钟后我要引发反射性晕厥了。我讨厌这家伙,他是个威胁我们存亡的危险人物。"

"等等,等个几秒钟。"

泽维尔的话音一响起,阿尔诺就感受到了他声音中的恐惧和悲伤:"我中午就来医院等着了,因为我知道下午不会有人来。伊莲娜以品行不端为由开除了我。我很惊讶,我从没想过她可以变得这么强硬、冷酷。她在电话里骂了我,然后让人换了我办公室的锁。爱丽丝发现了我在账目上做的手脚,通知了伊莲娜……"

他的声音在颤抖。泽维尔不再是威胁,他已经输了。他自己也很清楚。

"我打了爱丽丝的电话。开始她不肯接，后来她接受了跟我谈话。她说她最近做了一个梦，在梦中，我想把你杀死。这是无稽之谈，荒谬的妄想！我知道你听不到我说话……阿尔诺，我是个浑蛋、人渣、叛徒、疯子，你怎么说我都好。但我不是一个谋杀犯。我从来没有过把你害死的念头。毁掉你的事业，我想过。希望你就这么死掉，我也想过。我之前很希望你死……非常非常地希望，自从事故发生以后。一直到和伊莲娜通电话前，我还是这么想的。但设计杀死你……？爱丽丝可能是疯了，或是有臆想症……怎么会有人相信这种荒诞的梦呢？"

"但这个梦有一部分是符合事实的。她在梦中发现我能听到你们说话。"

当泽维尔说到伊莲娜时，阿尔诺甚至有点儿同情他。他的声音很憔悴。他艰难地吸着气，试图抑制内心的痛苦。

"你不知道我多么爱她！我这一生只爱过她一个人。她却狠狠地打击了我，说我在说谎，说我想从你手中把她夺走当成战利品，说她根本不在乎我的爱。见鬼，我从来没有被人抽过这么响亮的巴掌！是，最开始，我觊觎她是因为她是你的老婆。但很快我就像发了疯一样爱上了她。我告诉自己，只要跟伊莲娜在一起，我就能变得更好，变得不那么心理扭曲。就像童话里救赎心灵的伟大爱情一样。我不知道这样的爱是否真的存在，但我宁愿相信。伊莲娜对我发起了诉讼，这没关系。

不，事实上，有关系。这证明她不会轻易放过我，证明她对我没有丝毫情意。也许她对我只有憎恨吧。我走了，阿尔诺。我承认这件事击垮了我，我要离开法国，但还不知道具体去哪里。我不是为了逃避刑事诉讼。如果我缺席庭审而被判有罪，我会面对应有的惩罚。我不知道自己经历了这样的挫折还能不能走出阴影。有一次，你跟我谈到了西娅，说你花了很多年才忘掉她。但是当年做错事的人是西娅。伊莲娜没有做错什么，我不能指责她、怪罪她。所以，我大概要用更长的时间、更大的努力才能忘掉她吧。"

"你在同情他，是吗？你看，我说过，我们不是坏心肠的人。看到别人伤心我们也会难过，即使伤心的是泽维尔这个浑蛋。挺好的。"战斗区域低声表达了赞许。

泽维尔换了一种坚定的语气，一字一顿地说："我不是谋杀犯。我最多是心理变态，你别相信爱丽丝的胡思乱想！她真该去看看医生。"

他有些绝望地苦笑了一声："事实上，我是个想成为你的可怜鬼，我恨你不懂得珍惜自己拥有的一切。我需要思考，需要远离。我不想在未来花几年苦苦等待一个机会：在某个餐厅或是超市遇到伊莲娜并向她解释的机会。况且，我不知道该如何解释才能让她相信我。她会不会对我有一丝同情呢？不，永远不会。我真……妈的……我真为自己感到羞愧。事实上，你想象不出我多么鄙视我自己。兄弟，祝你以后一切顺利，真心的。再见了，阿尔诺。好好对待伊莲娜，拜托了。"

止汗喷雾的气味飘远，房门轻轻地合上了。

伊莲娜和一场突如其来的雪

星期一晚上

朗布叶医院

她用指尖轻轻抚摩他的脸颊。他发现，自从她做出那番可怕的坦白，她就不再亲吻他的嘴唇了，只有孩子们在场时她才会做做样子。是不是离婚的念头一旦说出口，事态就如洪水决堤般不可收拾？这个发现让他心里很难受。

"这都是什么鬼天气！你不知道天空多么灰暗，厚厚的一层乌云压得很低很低，看起来像是要下雪了，但是天气预报说今天只有雨。我的车技越来越娴熟了，不是吗？我今天开着丰田车过来的，老天爷应该知道我不喜欢这种天气。跟你说些什么呢？没有发生什么有趣的事。我跟利利亚纳相处得马马虎虎，我不知道她打算继续待多久，我的忍耐力快要到达极限了。她不接受任何劝告、批评或反对的意见。但无论我做什么，她都会用批判的眼光来看待。以前她来家里短住时我们相处得还算和睦，在我眼里，她是个很有个性的人。当然，我对她的了解很有限……我总觉得，她的内心隐藏了许多东西。我是说，她比外表看起来要复杂得多。另外，孩子们最近变了许多。"她发出一声轻笑，"就好像换了两个人，变得更温和，更体贴，更……幸福。"

"幸福，这个词用得很对。他们之前充满了恐惧和不幸。这都是我的错，是我让他们失去了对父亲的信任。"

"雨果比我想象中机灵多了，他不再是那个喜欢挑刺儿的叛逆少年。他对利利亚纳有了新的应对策略，就是凡事都赞同她的想法。其实他心里想的是：'你说什么都好，我不感兴趣。'只不过利利亚纳没有发现。她只看得到、听得见符合她心意的东西。你跟她真是一个模子刻出来的，不是吗？"

"我已经变了，伊莲娜，你不知道我改变了多少。你一定会认不出我的。我也像换了一个人，比以前好了太多太多。"

"啊，对了，我开除了泽维尔。他实施了一个阴谋……疯狂得令人难以置信。我已经收集好了证据，等你醒来我们再讨论。另外，我申请了熟食加工与外卖厨师执照培训，我想开一家小吃外卖店。利利亚纳知道以后差点儿愤怒得喘不过气……"

"泽维尔的事我已经知道了。嗯，这件事我们之后再讨论。他是个混账，但……我想，他是被心魔吞噬了理智才误入了歧途。他自己也明白，这种心理问题真的很可怕。至于职业执照，这主意太棒了，亲爱的！你一定会取得成功。我会提供资金，感到遗憾。

战斗区域没有说谎。是啊，"她"解释过，"她"没有说谎的能力。梦描述着他的生活——他和战斗区域共同的生活。在那栋大房子里，除了一个房间，其他地方都破烂不堪。客厅看起来装修得不错，但没有什么特色。这栋房子代表着他的婚姻：外表看起来很华丽，里面只有一小块刻意假扮出来的美好，充斥着空洞的言语、尖酸的指责和漫长的沉默。莫兰先生和莫兰夫人在这个如同空壳的客厅里生活，他们带着相同的姓氏，却形同陌生的路人。伊莲娜就像那本年代久远的藏书，封面是漂亮的海蓝色皮革。夫妻俩就像那两只面有愠色的羊头装饰和那一对铁质的烛台，没有蜡烛，没有光亮，没有温度。

他陷入了一阵惊恐。他为自己的无能感到沮丧。他不再害怕死亡，相反，他开始害怕自己无力修补这栋房子，让它重新变得美丽、温暖而坚固。

"说真的，我对这栋房子一见钟情。我们能把它装修得特别棒。"伊莲娜没有放弃，她一直都是最强大的那一个。这么多年来，是她一直在努力支撑这桩婚姻，一直到她做出那个可怕的决定：结束自己的生命。这不是她的错。她是那么疲倦、孤独、无助，只有一只蓝山雀飞到她身边想要挽留她。伊莲娜想象出那段与小鸟的对话，是为了从身体的最深处挖掘出一丝继续活下去的勇气。

他会从头开始翻修这栋房子。也许需要很多很多年，也许状况会时好时坏，也许会遇到障碍和挫折，但他很确定，他还处于能够折腾的年纪。他多想给那两只烛台重新放上蜡烛啊。必须让伊莲娜也这么想，必须！

光撞击着他的视网膜，让他感到一阵疼痛。但现在是夜晚，病房里开着的只有天花板上的一盏灯。床头桌上的电子钟显示时间为8点45分。他眨了眨眼。真实的动作，不是想象。他转过头，面向香奈儿5号香水传来的方向。香奈儿5号，他想起来了！他看见伊莲娜站在窗边，望向停车场。他听到她说："啊……但是天气预报没有说……今天会下这么大的雪。"

他艰难地发出沙哑低沉的声音，连他自己都认不出来："亲爱的，我们需要谈谈。不，你说话，我听着。我爱你，伊莲娜，我是如此爱你。"

回　归

三天后

塞尔奈拉维尔

帕斯卡尔·博利厄医生坚持留阿尔诺在医院多观察了几天，以完成一系列补充检查。阿尔诺跟博利厄医生谈了话，但没有提起自己知道他帮了多大的忙，以及他跟雨果的讨论，也许是出于害羞吧。博利厄确认了他的诊断结果：病毒感染引发了过度的免疫反应，最终转化为 Bickerstaff 脑干脑炎，症状类似于格林－巴利综合征或米勒－费雪综合征。

"这是不太常见的病症，莫兰先生。病人的证言对我们的研究很关键。在您昏迷中的某些特定时刻，您有没有过感觉？无论是什么样的。"

阿尔诺盯着他看了几秒。帕斯卡尔·博利厄看起来比他要年长五六岁，面相和善，充满学者气质，有一种温和坚定的力量。阿尔诺很惊讶，他从什么时候开始喜欢观察别人了？从遇到战斗区域起。他不会跟别人提起战斗区域，除了伊莲娜。也许有一天他会告诉她，也许。在那一天到来前，战斗区域会是他藏在心底的秘密，就像一个贴身携带的护身符。他对此怀有一种奇特的谨慎和克制，他也不知道如何解释这一点。但是他得回答医生的提问，为科学和医学的进展贡献一份力量，也许以后能帮到遭遇同样症状的病人。

"我能听到声音——所有的声音。我有触感，能感觉到别人亲吻我，或用布条擦洗我的身体。我还能闻到气味，但这一点我不确定是不是自己的想象。你们给病人擦澡时用的是柠檬味的洗液吗？"

"是的。"

"那么我闻得到气味。比如必妥碘消毒液中碘酒的味道，我当时以为是海边的气息。还有鸡汤的香味，我猜是有人在给别的病人送餐。"

"还有什么，请都告诉我！这些信息很重要。您知道吗，人类的大脑有时会进行信息重组，出现认知偏差。我并不是说您刚刚说的是幻想，但大脑是个非常厉害的谎言家。证据就是很多人都出现过听觉、视觉甚至嗅觉上的幻觉。大脑能抹除真实的记忆，构建虚假的记忆来替换，并且以假乱真，难以辨认。在大多数情况下，大脑都致力于保护个体免遭侵害与威胁，甚至包括个体的自我威胁。但它偶尔也会失灵，伪造出一些从来没有发生过的可怕的记忆，并且塑造得极其真实，让人深信不疑。"

"说起来很复杂，我非自愿地扮演了一个倾听忏悔的神父的角色。大家以为我听不见他们说话，所以松开了心里的弦。真奇怪，为什么人们努力隐藏自己的秘密，却有向人倾诉秘密的需求呢？他们什么都说了。有些坦白很真挚，很感人；有些却很可怕，让我大受打击。总之，这段经历夹杂着痛苦与感动。我想，我是在一个自己创造的虚拟世界里学习和进步。医生，这是上天赐予我的重生的机会。我不知道自己何德何能获得了这样的机会，但我会尽最大的努力抓住它。我想感谢您……跟雨果进行讨论。他向我转述了你们之间关于大脑和神经科学的谈话。他以为自己在自言自语，其实……我已经有许多年没有看到他这么开心、激动了。在亿万个神经元中寻找答案——他想以此为目标，行动起来。您不知道我多么欣慰……"

"这是我说过的话。所以，您的记忆是真实的，不是信息重组。"

"是的。您的妻子叫斯特凡妮，是个正音科医生，爱好下厨，对吗？"

"不可思议！"神经学专家激动地惊呼。

他们谈论了大半个小时。博利厄医生详细询问了他在昏迷期间的所有感觉，然后话题逐渐偏移到各自的生活，特别是他们的子女。医生离开时，阿尔诺不禁在心中下决心要变成像他这样的好父亲。

与医生谈话后，阿尔诺在出院前的 72 个小时里感到急不可耐。他有太多的事情要去解释、倾听、处理和解决，待在医院是在浪费时间！他只有一个愿望：赶紧出院修复他的生活，或者说，修复全家人的生活。这不是简单的工程，需要彻彻底底地重新开始构建。

他打开电视，换了一个又一个频道，都是些无趣的节目，最后他还是关上了电视。他很想念战斗区域以及跟"她"谈话的感觉，特别是当他们斗嘴时战斗区域气呼呼反驳的样子。但现在他接受了自己，变成了思想统一的个体。在漫长的等待中，他逐渐发现一件事，无聊其实有很多种：彻底的无聊，是无所事事地看着时间一点点流逝；自私的无聊，是对其他人和事都提不起兴趣，沉浸在自己的世界中；休息性的无聊，是大脑强迫我们在行动前花时间思考，在下决定前扪心自问，在评判前确认过去的经验是否可靠。阿尔诺最终确认他的无聊属于第三种，这么一想，时间好像过得稍微快了一点儿。因为不知道该做些什么，他就在病房里左看右看。他走路还有些跟跟跄跄，因为他才刚开始进行运动疗法，肌肉还没有完全恢复。身体的虚弱让他觉得自己像刚打过一场架，而且毫无还手之力地被人打趴下了。

啊，雨果说得不假，这幅彩铅画真是丑得可怕，特别是画上那个橙衣女子。现如今画家的作品都这么难看吗？难以置信。他的床边摆放着一个塑料材质的灰色床头柜，他打开柜子，发现里面有一本口袋书，是奥诺雷·德·巴尔扎克写的《幽谷百合》。大概是伊莲娜带来读给他听，最后遗忘在这里的。找不到其他事情做的阿尔诺打开书读起来。一开始，他觉得剧情太过"浪漫"，都是些卿卿我我的东西，就是女人喜欢看的那种言情小说。读着读着，他逐渐被书中隽永的文字、细腻的情感所打动和征服，最后几乎忘记了时间的流逝。当然，要是可以选，他更想读惊险刺激的小说。但他终于明白，为什么伊莲娜可以连续几个小时窝在沙发上，捧着她心爱的小说看得入迷。他想起玛戈有些挑衅的宣言："读书能让人更好地认识世界、人类、自己的内心与矛盾。"

晚上，孩子们在下课后来医院短暂地探望他。伊莲娜每天都来，但他感觉到她有些尴尬、不安。她用很快的语速讲述着一些不痛不痒的琐事，然后又生硬地结束话题。她没有提起泽维尔、爱丽丝、莎碧娜，更不用说离婚的事，她想等阿尔诺完全康复以后再说。阿尔诺改变了自己匆忙的心态，毕竟，修补残破的房屋是个巨大的工程，如果太过莽撞和心急，可能反而会让房屋坍塌。欲速则不达，他需要一步步来，掌握分寸和细节。每当伊莲娜没有话题可说时，她就会编出一个离开的借口，比如约了理

发师、医生，或要去买些必需品。但到了第二天，她就完全忘了
用来做借口的话题。像伊莲娜这样的老实人实在太缺少说谎的经
验，连自己说的谎话都记不住，他们只能记住真实的东西——真
是令人感动。

利利亚纳每天都会来，一遍又一遍地叙述他的童年趣事和他
们俩过去的生活，详细到每个细节。他已经不再信任她，所以完
全听不进去，只能机械性地露出微笑，不停点头表示赞同。他
惊讶地发现自己和母亲在这一点上出奇地相似：利利亚纳只听得
进自己想听的话，并且对其他人的想法毫不在乎，跟曾经的他
一样。

星期三早上 8 点钟，一段遥远的记忆重新被唤醒。护士小
姐用充满朝气和愉快的声音说："我要跟住在走廊另一边的病人
去聊天啦，一个星期以来没有一个人来看他。他挺亲切的，真奇
怪，居然没人愿意探望。"

阿尔诺扶着墙以保持身体的平衡，然后一小步一小步地穿过
走廊，去看望这个据说很孤独的病友。他叫凯文，29 岁，人的
确很亲切。他身上受伤的部位打着石膏，据他说很快会替换成更
轻巧更舒服的树脂绷带。他们聊了整整一个小时。凯文在一家大
工厂里做暖气工，每天操作着高度信息化管理的大锅炉。除了工
作，他最大的爱好就是骑摩托车。他之前就出过一场不太严重的
车祸，女友维吉妮给他下了最后通牒：以后不能再骑摩托车。他

没有答应，于是维吉妮在六个月前离开了他。要么选她，要么选摩托车，没有通融的余地。他现在说话还很吃力，因为在车祸中断裂的下颌刚做完手术。他轻声说："我当时怪她不讲道理，因为一个小事故而歇斯底里，毕竟我那次只有几处擦伤。现在我完全理解她了。我不敢给她打电话……我不知道她有没有新的男朋友。唉……您懂的。"

"那您的父母呢？"

"我母亲住在南部，跟一个蠢货在一起。事故发生后有人打电话通知了她，她过了两天才跟我联系，聊了几句就挂了。至于我的父亲……我已经有二十年没有他的消息了。也许他已经去世了吧。"

看见凯文强忍着泪水，为了不让他尴尬，阿尔诺把目光转开，假装在看他病房里那张画着橙衣蓝发女子的彩铅画。他很惊讶于自己对眼前这个小伙子产生了一种父亲对儿子的温情。他说："维吉妮有她的道理：她不想每天晚上提心吊胆地等您回家，生怕您遭遇事故。但我也很理解您，骑摩托车确实很有趣，我曾经也想尝试……但想到我的妻子，就不用考虑了！她肯定会哭着闹着阻止我的。这种爱好有时会很危险，您的经历就是证明。我可以……如果您愿意，我可以给维吉妮打个电话，告诉她您的情况。谁说她一定有新的男朋友？"

下午，他听到一个年轻女孩悦耳的声音焦急地询问护士：

"女士，请问凯文·勒让德的病房在哪儿？我是她的未婚妻。我……我接到消息就赶过来了。一位在医院的先生给我打了电话……"

他笑了。"未婚妻"，多么美丽的称谓，现在已经越来越少人用了。婚约（finance）这个词在古法语中的意思是"忠诚的誓言"。在他眼中，"未婚妻"比"女朋友"的意蕴要深厚多了。

终于到了星期四中午，他"出狱"的时间。伊莲娜来到医院接他回家。他在临走前跟凯文道别，祝他早日恢复健康。看到小伙子脸上的表情从阴郁变得开朗，他心中充满欣慰和感动。人们总是忘记生活中可能出现的这种小奇迹。发生在凯文身上的是最宝贵的奇迹之一。而且值得高兴的是，这种奇迹并不少见！凯文从孤独、虚弱、迷茫和绝望中走了出来，找回了相爱的人，拥有了奋斗的勇气和力量。一个人只有爱自己才能变得强大。要想爱自己，需要被爱，更需要去爱他人。孤芳自赏是不能长久的，往往是一种自欺欺人。

外面淅淅沥沥地下起了小雨。在安静的车里，雨刷器来回摆动的声音显得格外吵闹。伊莲娜今天开车比平时更慢，但现在阿尔诺完全能理解她。他以前老觉得她是个不敢开快车的胆小鬼，但事实上她并不缺乏勇气。她只是很明确自己肩负的责任：如果出了事故，要住院两个月，谁来照顾她的孩子、丈夫乃至院子里的山雀？与之相比，慢慢开车浪费的几个小时就微不足道了。她转头看了一眼阿尔诺，仿佛看透了他的心思："如果你想自己开车也行。"

"亲爱的，我不急。这样挺好的。"

"我……我不说话是因为要集中精力开车。"

"没关系。我脑中有很多事情要想。我现在挺喜欢安静的，或者说，某些类型的安静。以前我总觉得沉默的环境很别扭，就像隐藏着什么秘密，这么想其实很傻。而在说话时，我从来都不认真听别人说了什么。这次被迫沉默了两个星期，我的想法变了很多。"

伊莲娜长长地吸了一口气，仿佛在酝酿重要的发言。她终于张开口说："阿尔诺，我——"

他马上反应过来伊莲娜要提离婚的事情。他将食指比在嘴前，轻轻发出"嘘"的声音，然后打断了她："现在别说，拜托了。"

他刚踏进家门，利利亚纳就飞奔过来亲吻他，抚摸他的头发，一边哭一边笑。

"我的宝贝，我亲爱的，我太开心了……"

他尽力做出温顺的样子，憋住了差点儿说出口的反驳：他醒来都已经三天了。现在还没有到跟她摊牌的时候。

"……伊莲娜不想让我一起去接你，我理解她的用心。她还伊莲娜和两个孩子面面相觑。她问："你是怎么知道这件事的？利利亚纳告诉你的？"

"不是。呃……其实……我想跟你们交代一件事……有些难说出口……我……我在昏迷中听得到。我什么都听到了。"

一个香槟杯倒在了矮桌上，如蜂蜜般金黄的酒水流得到处都是，但没有人去管。利利亚纳整个人跳了起来，惊呼道："我的天哪！"

玛戈用手捂住张开的嘴，伊莲娜低下头，雨果静静地看着炉膛里的火焰。

"……泽维尔这件事的始末我都直接听到了，包括他对我做出的解释。我之后再跟你们讨论这个话题。"

他把头转向女儿，温柔而伤感地说："亲爱的，一切都会好起来的，我向你保证。对不起，你不知道我有多痛心，都是我的错。"

玛戈点了点头作为回答。大颗大颗的泪珠滚落到她的脸颊上。

阿尔诺接着跟他的母亲说："妈妈……你应该回去了。我会给你订好明天早上的出租车，我现在还很虚弱，不能送你去机场。另外，我现在还不太想提起……那件事。"

利利亚纳面色苍白，几乎快要昏厥过去。她瘫倒在沙发上，结结巴巴地说："亲爱的……我……"

"别说了，妈妈。我爱你，我到死都会爱着你……总有一天我会原谅你的，但不是现在。真的不是现在。"

"出了什么事？"伊莲娜担心地问。

"这是我和我妈妈之间的事情。亲爱的，你不用参与进来。"

"我做的一切都是为了你，只为了你，我的小天使。"她眼含热泪地说。

"我相信你的用心。但我的心还是很痛。"

"我上楼收拾行李了。我……我不太饿，就不吃晚饭了。抱歉，伊莲娜，孩子们。"

"利利亚纳，需不需要我留些菜，晚点儿给您送过去？"

"不用了。阿尔诺……请你跟司机说，明天早上 6 点来接我。我去机场吃早餐。"

"好的。"

"我也先上楼了。"玛戈哽咽着说。

"宝贝，我要请求你的原谅。我要请求你们每个人的原谅，这是我人生中最真挚的请求。"

"好的，爸爸。我们以后再说，好吗？"

"是不是这种时候应该搬出俗语：'我得走了，家里烤的野猪快熟了。'[1] 我也上楼了，晚安。"雨果留下这句话就溜走了。

---

[1]　原注：法国俗语，表示找借口离开。

伊莲娜站在落地窗前，用怀疑的目光看着阿尔诺。她的脑中犹如台风过境，一片混乱。

阿尔诺站起身，走到她身边，将她拥入怀里，亲吻她的头发。他低声呢喃："再跟我说说那只蓝山雀，好吗？告诉我它还说了什么。"